KB265569

고역열차 苦役列車

옮긴이 양억관

번역가. 소설 인문 교양 등 다양한 분야의 작품을 우리말로 옮겼다. 『솔뮤직 러버스 온리』, 『무한도시 NO. 6』, 『비트 키즈, 너의 친구』, 『베드타임 아이스』, 『120% COOOL』, 『탐정클럽』, 『아빠는 가출중』, 『한밤중에 행진』, 『용의자 X의 헌신』, 『중력 삐에로』, 『러시 라이프』, 『69』, 『나는 공부를 못해』, 『바보의 벽』, 『남자의 후반생』, 『희망의 나라로 엑소더스』, 『공생충』, 『장량』, 『교양으로 읽어야 할 중국지식』, 『조제와 호랑이와 물고기들』, 『컨닝 소녀』 등을 번역했다.

KUEKI RESSHA by Kenta Nishimura
Copyright © 2011 by Kenta Nishimura
All rights reserved.

Originally published in Japan by SHINCHOSHA Publishing Co., Ltd.
Korean Translation Copyright © 2011 by Dasan Books Co., Ltd.
Korean edition was published by arrangement with SHINCHOSHA Publishing Co., Ltd.
through BC Agency.

이 책의 한국어판 저작권은 BC 에이전시를 통해 저작권자와 독점 계약한 다산북스에 있습니다.
저작권법에 의해 한국 내에서 보호를 받는 저작물이므로 무단전재와 복제를 금합니다.

고역열차

苦役列車

니시무라 겐타 소설
양억관 옮김

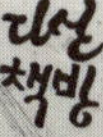

다산
책방

차례

고역열차 - 7

나락에 떨어져 소매에 눈물 적실 때 - 131

고 역 열 차

1

옛날에 기타마치 간타의 하루는 눈을 뜨자마자 1년 내내 똥냄새를 풍기는 복도 끝의 공동화장실로 향하면서 시작되었다.

그러나 엉덩이를 뒤로 쑥 뽑아낸 채 빵빵하게 부풀어오른 방망이를 손가락으로 누르고 억지로 각도를 맞춰 변기 속에 대량의 오줌을 발사한 다음, 그 자세로 살짝 몸만 돌려 세면대에서 얼굴이라도 씻으면 좋으련만, 그냥 방으로 돌아와 이불을 대신하는 타월 위에 다시 드러누워버린다.

그리고 하이라이트를 줄창 피워대며 자, 오늘 일을 나

가야 하나 말아야 하나, 그날 아침도 한참이나 자신을 향해 묻고 또 묻는 대화를 한다.

간타는 딱 열흘 전에 만 열아홉이 되었는데, 아직도 변함없이 일용 항만노동일로 생계를 꾸린다.

중학교를 졸업한 이후로 지금까지 도무지 진보도 발전도 없이 일당 5천 5백 엔에 매달려 살아가는 서글픈 하루살이 인생이다.

물론 간타라고 좋아서 이러는 것은 아니다. 천성이 누구 못지않게 폼생폼사인 그인지라, 원래라면 또래 아이들처럼 평범한 대학생으로 평범하게 폼을 잡으며 살아갈 타입의 남자다. 건전하고 상식적인 지식과 교양을, 건전하고 상식적인 몸에 두르고 살고 싶은 그런 남자다.

그런 그가 대학은커녕 고등학교조차 가지 않은 것도 애당초 무슨 독창적인 이유나 특별히 생각해둔 진로 같은 포부가 있어서가 아니라, 그냥 자업자득이나 다름없는 불량기와 알파벳조차 제대로 외우지 못하는 엄청난 열등생이었기 때문이다. 그런 꼴찌 중에서도 상꼴찌에 속하는 그를 받아줄 학교라고는 야간뿐이었는데, 그것은 멍청이 주제에 프라이드 하나만은 하늘 똥구멍이라도 찌를 듯한 그에게는 참으로 받아들이기 힘든 굴욕이었다.

덧붙여, 호적상으로는 벌써 남이 되어버렸지만 아주 먼 옛적에 아버지라는 인간이 하나 있어서 바로 그가 입에도 담기 싫을 만큼 파렴치한 성범죄자라는 사실이 발목을 잡았다고나 할까, 어차피 아무리 이를 꽉 깨물고 남들과 비슷하게 살아보려 애쓴들 성범죄자의 자식이라는 사실이 알려지는 순간 모든 길이 가로막히리라는 체념으로 쓰잘데없이 4년이나 멍한 낯짝으로 야간학교를 오가서 뭘 하겠느냐고, 그래서 당연히 거쳐야 할 담임선생과의 진로에 대한 상담 절차도 밟지 않았고, 또 담임선생도 평소 그가 얼마나 미웠으면 괜히 긁어 부스럼 만들지 말자는 듯한 태도로 일관하는 바람에 정말 졸업식 때까지 단 한 번도 대화다운 대화를 나누지 않았으니 졸업 후 일자리 따위는 꿈도 꿀 수 없는 처지였다.

당시 간타는 어머니 가쓰코에게서 강탈하듯이 받아낸 현금 10만 엔으로 우구이스다니 역 부근에 한 평 반짜리 방을 빌려서 일단 그곳을 근거지로 삼아 일자리를 찾아

보려 했으나, 열다섯이라는 나이로는 중학교 당국이 보증이라도 서지 않는 한 육체노동은커녕 신문배달조차 할 수 없다는 현실을 깨닫기에 이른다.

그래서 간타는 집에서 걸어갈 수 있는 가장 가까운 번화가인 우에노 근처의 아메요코 시장과 중앙로에 혹시 구인광고라도 붙어 있지 않나 하고 가게 하나하나를 더듬듯이 조사하고 다녔다. 그러다 바로 아르바이트생 모집이라는 광고지를 발견하고 기쁘게 가게 안으로 달려들었지만, 18세 이상, 고졸, 운전면허 필수 같은 그가 도저히 가까이 할 수 없는 조건들 앞에서 무릎을 꿇어야 했다. 그래도 광고지를 내붙인 카레 전문 식당에서 그를 안쪽 사무실로 불러들여주기는 했지만 이력서조차 지참하지 않은 세상물정 모르는 그를 주인은 단 몇 분 만에 쓴웃음과 함께 쫓아내버렸다.

아무래도 처음부터 계산착오를 한 셈인데, 지금까지 어머니 지갑에서 자주 잔돈을 슬쩍해서 중학생 주제에 가끔씩 심야의 이세자키초 구석구석을 어슬렁거리며 외로운 늑대 폼을 잡기도 하던 그도 정작 혼자서 생활을 해보니 휴지 한 장 사는 데도 돈이 든다는 사실을 뼈저리게 느끼기에 이르렀다. 처음에는 방을 빌리고 남은 6만 엔 정도의 돈이 밥 한 끼만 먹어도 확실히 축난다는 것조차 자각하지 못했다.

그렇게 되고 보니 달랑 이력서 한 장 들고 일자리를 찾아다니는 참으로 느긋한 행동만으로는 도저히 뜻을 이루지 못한다는 사실이 명명백백 드러난 셈인데, 눈앞이 캄캄하고 초조하기 짝이 없던 그 순간, 궁하면 통한다는 말처럼 어디서 그런 생각이 떠올랐는지 여태껏 본 적도 들은 적도 없었던 1백 엔짜리 구인잡지라는 놈을 한 권 사서 살펴보기에 이르러, 거기에 대문짝만 하게 실려 있는 나이 불문하고 매일 일당을 지불한다는 '부두에서 짐 나르기' 일자리를 찾아냈다.

바로 전화를 걸었더니 수화기 저편의 상대는 너무도 상쾌하게 오케이 사인을 내주고 이름 하나만 물었을 뿐 이력서 따위는 필요 없다고 했다. 더럽혀도 되는 옷과 목장갑, 그리고 도장을 가지고 다음 날 아침 7시까지 오라고 했다.

그 말에 간타는 모집 안내에는 아침 8시 반부터 저녁 5시까지라고 했는데 왜 이리 빨리 오라 하느냐고 의아해 하면서도, 등가죽이 뱃가죽에 붙을 지경이라 다음 날, 에도가와에서 보낸 어린 시절 소년 야구 팀의 일요일 연습 이후로 오랜만에 아침 6시에 일어나 멍한 머리로 야마노테 선 어느 역에서 꽤나 가까운 그 회사로 가보니, 입구 부근에 소형 버스가 몇 대 섰고 그 주변에는 그리 우아해 보이지 않는 늙은이 젊은이가 몇십 명이나 있었다.

그들 사이를 뚫고 들어가 머뭇머뭇 안내창구까지 나아가서 이름을 대는 간타에게 작고 뚱뚱한 초로의 남자가 앞에 펼쳐진 노트를 힐끗 보며 거기에 적힌 이름과 대조해보고는 다짜고짜 '자네는 버스 5'라고 지시를 내린 다음, 오늘 처음 보는 얼굴이라는 사실을 깨달았는지 '돈은 작업이 끝난 뒤 현장에서 지급할 테니 도장을 찍고 받아 가'라는 설명을 덧붙이고는 마치 간타라는 존재를 눈앞에서 지워버린 듯한 표정으로 돌아갔다.

뭔지 모르지만 도망치려면 지금이 아닐까 하는 불안에 휩싸인 채 지시받은 대로 버스에 타고 보니 차 안에는 벌써 20명 정도가 자리를 잡고 앉았는데, 우물쭈물하는 그에게 '구석으로 들어가 보조의자를 내리고 앉아'라는 운전사의 명령이나 다름없는 지시가 옆에서 떨어졌다. 그리고 5명을 더 태운 다음 출발한 버스가 한 시간이나 달려 도착한 곳은 쇼와 섬의 하네다 해안에 면한 냉동물류창고였다.

도착하자마자 작업복으로 갈아입고 일을 시작하면서, 7시에 집합하라고 한 것도 이런 이동 시간 때문이라는 것을 깨달았다. 간타가 처음으로 체험한 이 육체노동이란 것은 냉동 오징어인지 문어인지 모를 30킬로그램이나 되는 딱딱하고 네모진 덩어리를 나무 팔레트 위에 죽어라 올려놓기만 하는, 오로지 무겁기만 하고 변화라고는 찾을 수 없는 단조로운 작업이었다.

저녁나절이 되어 간타는 점심 때 지급받은 도시락 값 2백 엔을 뺀 기다리고 기다리던 일당을 받아들면서 5천 5백 엔이라는 금액이 그런 작업의 대가로 적절한 것인지 완전 후려친 것인지는 알 수 없었지만, 어린 시절부터 천성이 남의 등을 치거나 삥땅치는 체질이었던 그에게도 태어나서 처음 스스로 돈을 벌었다는 따스한 감동의 물결이 솟구쳐올라 돌아오는 버스 안에서 기분 좋게 피로감을 즐길 정도로 마음의 여유를 느끼지 않을 수 없었다. 바로 그 순간, 그는 먹고살기 위한 노동 따위 별것 아니네 하는 아주 시건방진 생각을 품었다.

지금 생각해보면 그것이 결정적인 잘못이었다.

그런, 여러 가지 의미에서 늘어질 대로 늘어진 일용노동 생활의 시스템이 주는 맛을 너무도 빨리 알아버린 것이 그후 그의 생활을 바닥으로 떨어뜨린 원흉이었다.

간타는 그날 이후로 매일은 아니지만 하루 이틀 틈을 두고 노동을 하게 되었고, 그럴 때마다 쇼와 섬, 헤이와 섬, 시바우라, 도요우미, 또는 후나바시, 쓰루미 등의 현장에 파견되어 얼추 비슷비슷한 짐 나르기 작업으로 일당 5천 5백 엔을 벌었다. 그날 번 돈은 다음 날 회사에 갈 전철비만 남기고 눈 깜짝할 사이에 다 써버리고 또 그만큼의 돈을 벌기 위해 반드시 그곳에 가지 않으면 안 되는 상황으로 스스로를 몰아넣었다.

다시 말해 일용노동 특유의 악순환의 올가미에 손발이

꽉 묶이는 꼴이 되고 말았다.

도대체가 간타처럼 그 뿌리가 의지박약하고 눈앞의 욕망과 그때그때의 환경에 휩쓸려 들기 쉬운 성격의 소유자는 절대로 그런 일용 잡일의 세계에 발을 들이밀어서는 안 되는 것이었다. 그 증거로, 그로부터 3년이 지난 지금도 그런 악순환의 고리에서 벗어나지 못한 채 결국 변함없이 작업화를 신은 몸이다. 때로 이 직종에서 좀 벗어나고 싶을 때는 제본공장이나 서적 도매상에 나가기는 해도, 그것 또한 최악의 경우라도 주급을 받지 않으면 도저히 생활할 수 없는 꼬락서니라, 결국에는 낯익은 부두로 돌아오고야 마는 도저히 궤도 수정이 불가능할 만큼 빼도 박도 못 하는 생활이었다. 당연히 방세도 내지 못해 내쫓기는 일도 거의 습관화되었다. 한번은 반년 치를 떼먹고 도망치기도 했다.

그리고 오늘도 간타는 여섯 번째 이사를 하여 이다바시의 후생연금병원 뒤편 두 평짜리 텅 빈 방에서 담배를 피우며 150엔으로 남은 자신의 인생을 생각하다가, 이 잔돈을 일을 하러 가는 데 드는 교통비로 쓸까 말까를 고민

하며 깊은 사색에 잠겼다.

그 하역회사에는 다음 날 일을 나가겠노라고 일단 예약을 해두었다. 그렇지만 당일에 일을 나가지 않아도 별 문제가 안 된다. 지금까지 몇 번이나 무단결근을 해도 어차피 일용노동의 늘어질 대로 늘어진 관습에 따라 하역회사가 그다음 출근을 막는 일은 한 번도 없었다.

아무튼 거기로 가서 몇 시간 소나 말처럼 일을 하면 저녁에 일당을 받을 테고, 그 가운데 1천 엔을 싸구려 안마시술소에 갈 자금으로 남겨두어도 나머지로 맛있는 밥을 배불리 먹고 술도 마실 수 있다. 그러나 중세시대의 노예처럼 오로지 무거운 짐을 졌다가 옮기기를 수도 없이 반복하는 지겨운 노동은 육체적으로나 정신적으로나 참으로 견디기 힘들다. 그렇다면 이 150엔으로 어머니 가쓰코가 근무하는 요코하마에 전화를 걸어 몇 푼이라도 뜯어내는 게 낫지 않을까 하는 생각도 해본다.

가쓰코는 대형슈퍼마켓에 입점한 아동복 전문매장의 매니저인데, 그 월급의 반은 여자 살 돈이 필요한 위대한 아들 간타의 공갈협박에 날아간다.

그러나 생각해보면 설령 가쓰코가 돈을 좀 가지고 있다 해도 지금 요코하마까지 수금을 하러 갈 교통비도 없을 뿐 아니라, 은행계좌가 없으니 부쳐 받는 것도 불가능한 일이라 남은 수단은 오로지 우체국 속달이다. 그렇다면 내일이나 되어야 돈을 받을 수 있을 테니, 결국 오늘은 술도 밥도 굶어야 한다.

간타는 요리조리 머리가 깨질 정도로 타개책을 모색하다가 결국 오늘 일을 나가지 않을 수 없다는 결론에 도달하고, 그것이 움직일 수 없는 현실이라는 사실을 받아들이는 체념 섞인 결단의 순간, 담배를 끄고 땀과 기름으로 시커멓게 물든 타월 위에서 무거운 몸을 일으켰다.

그리고 일단 결정을 내리면 더는 꼬무락거리지 않는다.

서둘러 얼굴을 씻은 다음 어제 입었던 땀에 전 티셔츠에 청바지를 입고 더러운 작업복이 든 종이봉지를 그러쥐고는 두 평짜리 방을 뛰쳐나갔다.

이다바시 역까지 전력 질주하고 오거리 신호등을 절묘한 타이밍으로 건너면 목적지에 3분 만에 도착한다.

러시아워까지는 아직 약간의 여유가 있어 한산한 소부

선 차량 안에서도 천천히 돌아가는 선풍기 아래 자리를 잡고 간타는 언제나처럼 잠시 시원한 바람을 쐰다.

아키하바라에서 환승을 할 때 플랫폼 옆에서 냄새를 풍기는 메밀국수 집으로 뛰어들고픈 충동은 평소나 다름없었다. 배가 고파 미칠 지경이지만 전철표를 사고 난 후라 호주머니는 텅 비었다. 입구 곁에 장식된 튀김이 곁들여진 메밀국수와 돈까스 덮밥의 맛있어 보이는 샘플을 곁눈질하며 솟구쳐오르는 식욕을 억누르기 위해 하이라이트를 빼물고 불을 붙이면서 2번 선 플랫폼으로 내려간다.

야마노테 선은 이 시간대에도 살짝 붐비는 편이라 선풍기 바람이 닿는 가장 좋은 자리에 곧장 다가가기가 쉽지 않다. 아침 시간 공공장소 특유의 살짝 똥냄새가 풍기는 무더운 차량 안에서 간타는 오로지 점심 때 나올 도시락만을 몽상한다.

그러는 사이 간신히 하차할 역에 도착했다. 여기에는 계단 바로 아래 꽤 규모가 큰 서서 먹는 국수집이 있어서 곁을 지나치면 짙은 장국 냄새가 코를 간질인다. 간타는 지금까지 무일푼으로 지나칠 때마다 다음에는 반드시 일을 하기 전에 국수 한 그릇을 먹을 170엔만은 남겨두자고 생각했는데, 이날도 변함없이 새로운 결의를 굳혔다.

그리고 7시가 조금 넘은 시각에 하역회사에 뛰어들어, 오늘 파견될 장소는 헤이와 섬의 냉장단지인 듯 '7번' 차로 오르라는 지시를 받는다. 때가 여기에 이르면 간타는 족히 50명을 태울 수 있는 대형 버스를 보기만 해도 이날 주어질 작업의 인해전술적인 내용을 짐작한다. 아직 머릿수가 차지 않아 창가 자리를 잡을 수 있을 것 같았다.

총 40여 명이 타자 버스는 천천히 움직이기 시작해서 도중에 간다와 하마마쓰초에 정차하여 각각 서너 명씩 태웠다. 간타 같은 일용 아르바이트와는 달리, 창고 직원에게는 주거지와의 연계성 때문에 출근에 편리한 역 여기저기에서 승차하는 특권을 주는 것 같았다.

그 간다 역에서 어쩐지 이런 버스 안에서 본 적이 있는 것 같은 중년의 뚱보 남자가 타서 간타 옆자리에 앉더니 바로 종이봉지에서 야채빵 비슷한 것을 꺼내 우적우적 씹어대기 시작한다. 고로케인 듯 향기로운 소스 냄새가 잠시 잊었던 허기를 자극한다. 힐끗 엿보는데, 마침 중년 남자가 이번에는 샌드위치 봉지를 펼쳤고, 그 순간 으깬 달걀 냄새가 물씬 풍겼다. 게다가 남자가 팩에 담은 콜슬로 샐러드인 듯한 것까지 꺼내 그것을 숟가락으로 퍼서 아작아작 소리까지 내며 느긋하게 먹는 모습을 보고는 애당초 생겨먹은 게 참을성이라고는 없는 간타이고 보니 남자에게 고함이라도 지르고 싶은 충동에 사로잡혔다. 폭발 일보 전의 상태로 미간을 찌푸린 채 힐끗 눈길을 던지는데 마침 남자는 샐러드 통에 두터운 입술을 갖다 대고 바닥에 달라붙은 하얀 소스까지 쪽쪽 핥아먹는 것이었다. 여기에 이르러 간타는 갑자기 구역질을 할 듯한 불쾌감에 사로잡혀 황망히 창밖으로 시선을 돌렸다. 그 덕분에 허기가 깨끗하게 가셔버렸다.

오른쪽으로 야구 그라운드가 눈에 도드라지는 재개발 전의 덴노즈를 지나 신도카이 다리를 건너 오른쪽으로 접어들자 갑자기 주변이 살풍경해지더니 차 안의 공기에도 이런 일에 익숙지 못한 초보 노동자들이 느끼는 불안한 기운이 스며들었다.

간타만의 감상인지는 모르지만, 둔중한 컨테이너 차들만 오가는 앞쪽의 풍경 속에서 지금 지옥 1번지가 한 걸음 한 걸음 다가오는 듯한 실감과 함께 새삼 모든 것에 넌더리가 나고 저도 모르게 심각하고 울적한 기분에 젖어들고 만다.

마침내 목적지가 보이기 시작하여 새삼 각오를 굳히며 창 너머로 그쪽을 바라보니, 벌써 창고 옆을 흐르는 게이힌 운하에는 바지선이 정박했고, 연안에는 크레인 차도 대기 상태인데다 육상에서는 창고 직원들이 몇 대의 지게차를 바쁘게 움직이며 능숙하게 팔레트를 나른다.

분주해 보이는 세팅 장면이나, 점점 쌓이는 팔레트의 엄청난 수를 보건대 이번에는 틀림없이 바지선이 한두 번 오가서는 해결되지 않을 엄청난 물량이 기다리는 듯했다. 모인 노동자의 수도 평소보다 많았다.

하필이면 이런 날 일을 나오다니 더럽게 재수 없다며 간타는 어금니를 악물면서 자신의 허기진 몸 상태를 걱정하지 않을 수 없었다.

더러운 청바지로 갈아입고 작업용 겉옷을 걸친 다음

30명이 채 안 되는 또래 노동자와 함께 책임자의 인솔을 받아 그쪽으로 나아갔다. 전원 일본인이다. 그즈음에는 외국에서 온 취업자가 거의 없었다.

개중에는 같은 일용노동자이면서도 연속 출근을 하는 데다 태도도 성실하여 창고의 실내 작업반에 배치된 자도 몇 있었다. 그 작업 내용은 자세히 알 수 없지만 야외 작업장에서 멀리 1층 창고의 모습을 살펴보니, 뭔가를 계속 쌓아 나르는 화물용 엘리베이터의 버튼을 누르기도 하고 팔레트 위의 짐이 무너지지 않게 끈으로 고정시키거나 또는 물건 하나하나에 검사 완료 스탬프를 찍기도 하면서 아주 바쁘게 움직이는데 바깥에서 무거운 짐을 나르는 것보다는 아주 편한 듯 보이고, 또한 본인이 원하기만 하면 지게차 면허를 따게 해서 창고 직원으로 채용하기도 한다고 한다.

이날도 같이 버스에 탄 이십대 중반의 젊은이 4명이 노예처럼 무더기로 끌려가는 그들과는 반대 방향인 창고로 올라가는 트랩 쪽으로 걸어가는 모습을 간타는 부러운 눈길로 바라보며 가능하다면 자신도 저쪽으로 가고 싶다는 생각을 했다. 그러나 이런 식으로 나오다가 쉬다가를 반복해서는 한낱 꿈에 지나지 않을 뿐, 어차피 천성이 후회막급한 행동만 골라 하는 그에게는 결국 그날그날 써먹고는 버리는, 말 그대로 일회용 일용직이 딱이었다.

이렇게 게을러터진 노동자 간타이지만 띄엄띄엄 그래도 3년이나 비슷한 작업을 하다보니 짐 질 때의 요령 같은 것에는 얼마쯤 도가 텄다. 팔과 허리 힘을 일체화하여 짐을 잡고 무릎의 반동을 이용해 단숨에 들어올린다.

목장갑은 아예 지참하지도 않았다. 어차피 그런 장갑 따윈 몇 분 지나지 않아 냉동 문어의 물기 때문에 축축해지고 마니까 끼든 안 끼든 별반 다를 바 없고, 끼면 오히려 손목이 더 피로하다. 손바닥 쪽에 고무를 덧댄 장갑을 끼는 신참도 있지만, 다른 것보다 조금 비싼 그런 걸 살 만한 여유 따위는 간타에게 아예 없었다. 그걸 하나 사면 청주 한 홉이 날아가고 만다.

작업중에는 애써 아무 생각도 하지 않으려 한다. 의식하는 순간, 시간은 몇 배는 더 느리게 간다. 때로 어린아이 시절 불렀던 동요를 저도 모르는 사이에 마음속으로 흥얼거리는데, 그러다 보면 어느새 한 소절만 무슨 주문 처럼 끝도 없이 중얼거린다.

정오가 되자 마침내 기다리고 기다리던 도시락이 나 왔다.

오늘 반찬은 연어구이와 가지튀김이다. 게다가 칸막이 가 쳐진 용기 한구석에 눈곱만큼의 카레 루도 담겨 있다. 그것과 쌀밥이 든 다른 용기를 들고 간타는 운하 옆 안벽 에 걸터앉아 다리를 강 쪽으로 늘어뜨린 채 차가운 밥을 입 안으로 미친듯이 밀어넣었다. 거의 같은 간격으로 몇 명의 인부가 나란히 앉아 젓가락질을 하면서도, 서로 말 을 거는 법도 의식하는 법도 없이 뭔가에 홀린 것처럼 눈 깜짝할 사이에 도시락을 비워버린다.

그깟 도시락 하나로 찰 배가 아니다. 그것은 차라리 바 닥 모를 식욕의 불꽃에 기름을 끼얹는 매실절임 한 조각 과도 같았다. 창고 사무실 옆에는 컵라면 자동판매기가 있고, 또 점심 시간대에는 핫도그나 볶음국수 따위를 파 는 뒷길의 왜건이 나름 대목 장사를 한다.

돈이 있는 사람은 도시락에 그런 것을 곁들여 맛있게

먹는데, 간타는 그 모습을 부러운 눈길로 노려보는 수밖
에 없다.

도시락을 다 먹은 다음에는 겉옷을 벗어서 도시락 쓰
레기를 버리러 가는 참에 햇살이 잘 드는 담장에 펼쳐둔
다. 다시 오후 작업이 시작되면 금방 땀으로 젖어버릴 테
지만, 다른 사람들을 흉내 내 그렇게 하다보니 이제는 반
드시 해야 하는 습관처럼 되어버렸다. 땀에 젖어 피부에
착 달라붙은 티셔츠는 점심시간 동안 입은 채로 자연히
마르기를 기다리면 된다.

수돗가에서 아직 남은 위장 속 공간을 미지근한 물로
채우고 간타는 다시 운하 쪽으로 돌아간다. 강에 떨어지
지 않도록 약간 거리를 두고 옆으로 길게 몸을 눕힌다. 자
지는 않고 그냥 잠시 드러눕는 것이 어느 파견현장에서
나 그가 실천하는 유일한 보신법이다.

그러고 보니 이런 휴식 시간중에 딱 한 번 아주 불쾌한
경험을 한 적이 있었다. 도요우미의 창고에서 겪은 일로,
거기서 조금 나아가면 도쿄 만에 면한 부두가 나오는데
평소 간타뿐만 아니라 다른 인부들도 점심시간이면 그

언저리에서 적당한 장소를 찾아 누워서 쉰다.

그러나 그날은 안개비 같은 것이 흩뿌리는 탓에 아무도 없이 텅 빈 공간이 오히려 기분 좋아서 간타는 멍하니 앉아 눈앞에 바다를 두고 고층 빌딩숲 사이로 우뚝 솟은 도쿄타워를 바라보았다. 바로 그때 등 뒤에서 갑자기 시끄러운 소리가 나는가 싶더니 몇 대의 스테이션왜건에서 사람들이 우르르 쏟아져 무슨 기재들을 내리기 시작했다. 그게 텔레비전 드라마 비슷한 걸 촬영하는 팀이라는 사실을 안 것은 방수천을 덮어쓴 커다란 카메라로 보이는 물체가 설치되었기 때문인데, 아마도 연출가로 추정되는 노인이 망연히 그쪽을 바라보는 간타를 손가락으로 가리키며 옆에 있는 사람들에게 뭐라고 말을 해서 '아, 내가 방해가 된다는 말이겠지' 하고 비켜주려 하다가 불현듯 저쪽에서 부탁도 하지 않는데 일부러 그럴 필요가 있을까 하고 그냥 눈길을 돌려버렸다. 그러자 아랫것들로 보이는 젊은이가 달려와 아니나 다를까 촬영이 있으니 좀 비켜달라고 일단은 아주 정중한 어투로 고하는 것이었다.

그 말을 들으며 간타가 그런 지시를 내린 연출가 쪽을

보았더니 그쪽은 그가 비켜주는 게 당연하다고 생각한 듯 결과는 보지도 않고 벌써 등을 돌려 다른 사람들과 촬영에 관해 뭔가 의논을 하는 것이었다.

천성이 비딱한 간타는 그렇단 말이지, 하고 생각했다.

"싫어. 내가 먼저 여기서 쉬고 있었으니까. 내가 당신들한테 협조할 의무는 없잖아."

그야말로 중졸다운 이유를 대며 상대가 어떻게 나올까 슬쩍 건드려보았더니, 젊은 남자는 딱히 불쾌하다는 표정도 없이 정중하게 거듭 저자세로 부탁하는 것이었는데, 간타는 마음속으로 문득, 아, 이 친구도 나처럼 바닥을 기는 인간이라는 인식이 일어나 뭔가 친밀감을 느끼게 되었고, 그래서 산뜻하게 물러서주기로 했다.

그러나 아니, 이 자식이 지금이야 바닥을 기지만 언젠가는 나보다 훨씬 화려한 세계에서 꽃을 피울 가능성을 가진 인종이다, 라는 깨달음이 금세 찾아왔고, 그러자 갑자기 화가 치밀어오르면서 그렇다면 더 버텼어야 했는데 라는 후회가 밀려왔다. 버티다가 저쪽에서 총책임자 같은 작자가 세게 나오면 자신도 질세라 세차게 받아쳐서 비웃음거리가 되건 말건 거드름을 피우며 예술가 폼을 잡는 놈들의 허세에 찬물이라도 끼얹어주었더라면 얼마나 기분이 좋았을까.

그러지 못하고 순순히 자리를 비켜준 자신이 인생의 패배자나 된 것 같아 너무도 속이 아렸다.

그리고 그후 도요우미 현장으로 배치될 때마다 간타는 그때의 쏩쓸한 기억을 되새기지 않을 수 없었는데, 그렇지만 지금 그는 그런 드라마 촬영 장소에 도무지 어울리지도 않는 이 무덤 같은 헤이와 섬의 살풍경한 운하에 면한 냉동창고 단지 내부의 좁은 안벽에 드러누워 쨍쨍 내리쬐는 7월의 햇살 아래 비교적 느긋한 마음으로 주어진 휴식시간을 꽉 채워 즐긴다.

오후 작업은 3시에 15분의 휴식시간을 둔다. 캔커피 하나 살 수 없는 간타는 여기서도 수돗가로 가서 오로지 수분만 보충했다.

4시가 지난 시점에 오늘 잔업이 있다는 사실이 알려졌다. 거부할 권리를 거의 인정하지 않는 강제적인 명령이다. 저녁식사는 제공되지 않지만 시간당 1천 5백 엔 수당이라니 거부하기 힘든 조건이었다.

결국 7시 직전에 잔업을 포함한 이날의 작업이 끝났다.

두 시간치 특별 수당을 합하여 8천 3백 엔의 현금을 받는다. 그 순간 간타는 내일은 하루 종일 자면서 보내리라 마음먹었다. 예정에 없던 3천 엔이라니 내일 치의 식사와 술과 담배를 확보하기에 충분하다.

작업이 끝난 이상 일용노동자들은 그 자리에서 각자 제 갈 길을 가면 된다. 바로 가까운 곳에 모노레일 역이 있었다. 그러나 하마마쓰초까지 나가는 데 무지 비싼 교통비를 지불하기가 아까운 사람은 올 때와 같이 버스를 타고 종점인 회사까지 가도 좋고, 올 때처럼 창고 직원이 도중에 내리는 역에서 내려도 된다. 다만, 그 버스는 인부들이 나른 문어를 지게차 따위로 냉동창고에 수납하는 창고노동자 전원의 작업이 끝날 때까지 기다려야 한다.

물론 간타는 기다리는 편에 서서 방금 받은 돈 봉투에서 1백 엔을 꺼내 평소 즐겨 마시는 미쓰야 사이다를 하나 빼내 마시면서 사람들이 모이기를 기다렸다.

그리고 마침내 버스가 출발하여 신토카이 다리를 건

너서 속세로 돌아오자마자 간타는 간다에서 내려 한눈 한 번 팔지 않고 바로 역 구내의 메밀국수 집으로 뛰어 들었다.

튀김 덮밥 식권을 사서 내민 뒤, 방금 만든 덮밥을 단숨에 털어넣고, 국수도 국물 한 방울 남기지 않고 다 밀어넣은 다음에야 겨우 살았다는 실감이 들었다.

9시가 조금 넘은 시간에 이다바시의 병원 뒤편 두 평짜리 방으로 돌아와 티셔츠를 갈아입고 공동 세면장에서 흠뻑 젖어 냄새나는 작업복을 빨랫비누로 빨아 창 밖에 걸어두고는 바로 외출했다.

돈이 있을 때마다 달려가는 쓰쿠도하지만 교차로 옆의 선술집은 밤 11시까지만 영업을 한다.

가게에 들어서니 텔레비전에서는 거인의 시합을 시간 연장으로 아직도 중계하고 있었다. 상대 팀은 다이요. 어느 쪽 팬도 아니지만 어릴 적부터 야구를 좋아해 초등학교 5학년 때까지만 해도 미래의 니혼햄 선수 말고는 자신에게 갈 길은 없다고 생각했던 간타는 짧은 순간이나마 고향에 돌아온 듯한 기분에 젖어들었다.

차가운 맥주를 한 병 비운 다음, 한 잔에 2백 엔짜리 2급 잔술로 바꿨다. 제법 먹었더니 배도 찼다. 고기야채볶음과 곱창전골을 먹으며 술을 묵묵히 위 속으로 부어넣는다.

야구 방송은 금방 끝나버리고 이어서 시작된 재미도 없는 퀴즈 프로그램을 울적한 눈길로 바라보며 세 잔째를 시킨다. 그러나 처음부터 다섯 잔으로 정해두었기에 이제 슬슬 아까운 듯, 마시는 동작이 홀짝홀짝 보기에도 간지럽다.

그런 간타의 모습이 열아홉 젊은이치고는 너무도 패기가 없고 보기에도 궁상맞으리라는 사실을 본인도 잘 알았다. 그러나 친구도 없고 애인도 없는 그에게는 이것이야말로 유일한 위안거리이면서 지금의 생활에서 얻기 힘든 찰나의 행복이었다.

술과 안주 값으로 도합 2천 2백 엔을 지불하고 술집을 나서서 꽤 취한 발걸음으로 돌아온 간타는 그런 지경에서도 한숨을 돌린 다음에 일과 중의 하나인 자위행위에 들어갔다. 포르노 잡지에서 나체 여인 3명이 손으로 사타구니를 가린 채 웃으며 이쪽을 바라보는 사진 위에 두 번 연속으로 발사했다.

휴지를 화장실에 버리고 돌아와서 라디오를 켜둔 채 이불 대용인 타월 위에 드러누웠다. 텔레비전이 없는 그에게는 라디오만이 텅 빈 방에 생기를 더해주는 귀중한 도구였다.

이윽고 잠이 밀려오기 시작하자 일단 일어나 머리 위의 갓도 없는 전구 스위치를 옆으로 돌리고 라디오는 그대로 두었다.

심야 라디오 프로그램에서는 청취자의 엽서를 열심히 읽어댔다. 친구의 애인과 삼각관계에 빠졌는데 결국 셋이서 사이좋게 섹스를 즐기기에 이르렀다는 지어낸 듯 시시한 이야기를 자랑이라고 떠들어댔다.

그러고 보니 간타는 자신이 친구도 애인도 없다는 사실을 새삼 깨달았다. 그리고 왜 자신에게는 그런 것이 없을까, 망연한 생각에 잠겼다.

다른 사람들은 모두 당연한 듯이 일이 끝나면 누군가를 데리고 가서 술을 마시기도 하고, 혹시 애인이라면 섹스도 하는데, 간타는 오랜 세월 그런 평범한 즐거움과는 인연이 먼 외톨이였다.

딱히 그렇다고 해서 괴로운 것은 아니다(아니, 여자가 없다는 건 성욕의 해소라는 측면에서는 정말 고통스럽다), 그래도 가끔 어떤 일을 계기로 자신에게도 그런 친구가 하나 정도 있어도 좋지 않을까 하는 생각을 한다. 그러면 오늘 같은 날도 그런 후줄근한 데서 애늙은이처럼 싸구려 술을 마시지는 않았을 것이다. 밝고 활기찬 가게에서 라비올리 같은 안주를 곁들여 술잔을 손에 들고 여자와, 아니 여자의 몸과 대화를 나누며 즐거운 한때를 보낼 수 있을 텐데.

하릴없이 그런 망상을 하다가 칠흑같이 어두운 천장을 반쯤 뜬 눈으로 올려다보던 간타는 이윽고 자신의 마음이 허한 기운으로 가득 차는 걸 느끼고는 스르르 잠에 빠져들던 상태에서 벗어나 웬일인지 서서히 각성상태로 되돌아갔다.

2

간타는 어린 시절부터 극단적으로 친구가 적은 편이었다.

그는 에도가와 구의 끝자락 거의 야스우라에 가까운 동네에서 태어났고, 집안은 2대째 영세 운수업을 경영했는데, 부모는 양쪽 다 성질이 급하고 격정적인 타입이라 술은 한 방울도 못 마시는 주제에 한번 화가 났다 하면 간타에게 거의 폭행에 가까운 체벌을 가했다.

그리고 간타 또한 그런 부모의 성질을 그대로 물려받은 낌새여서 초등학교 시절부터 아주 사소한 일에도 화를 벌컥 냈고, 특히 자신보다 약한 상대에게 간혹 포악한 행동을 했다. 그런 행동은 여자애들에게도 마찬가지여서 머리칼을 잡아 돌려 벽에 밀치거나 하면 그때마다 담임 선생에게 볼때기를 맞았고, 집에 돌아와서는 여자애의 부모에게 항의를 받은 어머니 가쓰코에게 반쯤 미친 듯한 매타작을 당한 뒤, 그 여자애의 집에 찾아가 머리 숙여 사죄해야 했다. 그래도 기분 상하는 일이 있으면 같은 상대에게 같은 행동을 또 반복했다.

그렇지만 그때까지만 해도 반에서 적당히 인기 있는 놈으로 인정받아 다수결로 선출되는 학급위원의 자리에 오르기도 했고, 학교가 끝나면 저녁나절까지 매일 그를 중심으로 한 야구 게임이 펼쳐질 정도로 보통의 친구를 둔 보통의 어린이였다. 여학생도 자주 집으로 놀러 와 같이 보드게임을 즐기기도 했고, 그 또한 몇몇 여학생의 생일 파티에 소수의 남자애 중 하나로 초대받아 맛있는 것을 얻어먹기도 했다.

그러나 앞에서도 말했듯이 아버지가 성범죄자로 체포되어 신문에 사진과 함께 보도되기에 이르자, 어머니는 그날 간타와 세 살 위 누나 마이를 학교에 가지 못하게 했다. 그래서 대낮에도 빈지문을 닫아 건 방에서 한 걸음도 나가지 못했고, 그날 이후로 모든 친구들과 모든 접촉을 끊지 않을 수 없었다.

다음 날 밤에 간타의 젊은 남자 담임선생과 마이의 중학교 담임이 제각각 찾아왔다. 그때는 벌써 가쓰코도 그곳을 떠날 각오를 굳히고 선생에게도 그런 뜻을 알렸을 것이다. 담임은 돌아가기 전에 2층에 있는 그를 불러서 그냥 입에 발린 소리만은 아닌 듯한 격려의 말을 힘차게 해주었다. "간타가 나쁜 짓을 한 게 아니야. 나쁜 짓을 한 사람은 어디까지나 아버지니까, 앞으로도 절대 똑같이 생각하지 않도록 해. 부끄러워할 것 없이 당당하게 어깨를 펴. 이건 우리 반 친구들에게도 말해두었고, 다들 그렇다고 고개를 끄덕였으니까 말이야." 그러나 부모들에게 제지당한 것인지도 모르겠지만 일부러 찾아와서 간타에게 편지를 건네주거나 하는 반 친구는 하나도 없었다.

그러는 사이에 누나네 중학교 학생들과 이웃의 구경꾼들이 매일 집 마당까지 들어와서 떠들어대다 도망을 치거나 덧문을 향해 어기차게 작은 돌을 던지기도 했다. 그

다음 주 텔레비전 프로그램 '위크엔드'에서 아버지의 사건이 흥미 위주로 방영되자 어머니 가쓰코는 서둘러 이혼수속을 밟고 이사할 곳을 찾느라 바쁘게 뛰어다녔고, 열흘 정도 지난 어느 날 밤 10시경에 일가족 셋은 다시는 돌아오지 못할, 태어나고 자랐던 그 거리에서 남몰래 도망쳐야 했다.

그리고 택시를 타고 가사이로 이동한 후 역 입구로 향하는 긴 통로를 천천히 걸어가던 그때, 반대쪽에서 어머니로 보이는 여자와 걸어오는 같은 반의 비교적 귀여운 여학생과 딱 마주쳤지만, 여자애는 간타를 완전히 무시하고 표정의 변화도 없이 어머니와 대화를 나누며 지나쳐 버렸다. 어머니끼리는 일면식이 없으니 이해가 간다. 그러나 여자애는 5학년 때 처음으로 같은 반이 되어 비교적 대화를 많이 나눈 편에 속하는 사이였으니, 당시 트레이드마크였던 니혼햄의 야구 모자를 쓴 그를 멀리서도 알아보았을 게 분명했다.

그러므로 혹시 그 시점에 아버지가 범한 죄의 내용을 자세히 몰랐던 간타와는 달리 그녀는 그것을 완전히 파

악하고 있었고, 그래서 일부러 무시했을지도 모른다. 여자애라고는 하지만 초등학교 5학년이나 되었으니 그것이 얼마나 야비하고 용서받을 수 없는 범죄인가 잘 알았을 테고, 그래서 담임선생의 옹호나 배려도 허망하게 간타를 성범죄 가해자의 자식으로 무작정 경원하고 마는, 여자 특유의 본질적인 섬세함이 결여된, 단순한 혐오감에서 기인한 행동이었는지도 모른다. 그러나 이것은 훗날 종합적으로 판단한 것일 뿐, 그즈음의 간타는 어디까지나 심각할 정도로 외로웠고 의기소침했다. 게다가 바로 그 여자애는 간타가 최근에 은밀히 호감 이상의 마음을 품은 상대였다.

간타의 가족이 이사한 곳은 후나바시의 바라키나카야마 역에서 가까운 방 두 개짜리 철근콘크리트 건물 2층이었다.

지은 지 얼마 되지 않았고 무엇보다도 욕실이 있었다. 지금까지 살던 간타의 집은 운송회사 사무실을 겸한 곳이라 꽤 넓었기 때문에 새로 옮긴 집이 너무 좁다는 느낌도 들었지만, 간타는 그런 좁은 공간이 자신에게 잘

맞다고 생각했다.

그는 어머니를 따라 성을 기타마치로 바꾸고 2학기 도중에 전학을 해서 학교를 다니기 시작했지만, 원래가 시바견처럼 낯을 가리는데다 비딱한 외고집이라 거의 친구다운 친구를 만들지 못하고 하굣길에도 늘 혼자였고, 집에 돌아와서는 일체 바깥에 나가지 않고 오로지 텔레비전을 보거나 그 당시 인기를 끌던 요코미조 세이시의 문고본에 푹 빠져 지냈다.

그리고 고작 반년 후 5학년이 끝나자마자 어머니 가쓰코는 무슨 사연인지 도쿄 도 남부의 마치다라는 곳에 방 세 개짜리 연립주택을 하나 찾아내서 그곳으로 옮겼다.

그 직전까지 가쓰코는 자신의 여동생 세쓰코가 사는 후쿠시마의 스카가와에 인접한 고리야마 부근으로 이주할 뜻을 내비치면서 그 지역의 임대 아파트도 몇 군데 보러 다닌 듯한데, 간타도 누나도 입으로는 '도호쿠 같은 시골에는 가기 싫어'라고 말하면서도 내심 은근히 환영하는 기분이었기에 마치다 행은 조금은 실망스러운 사건이었다. 그러나 결국 가쓰코가 직장을 구할 수 있어야 한다는 전제 때문에 예정은 변경되고 말았다.

가쓰코는 이윽고 아동복 브랜드 매장의 파트타임으로 채용되어 요코하마의 대형 슈퍼마켓 점포에서 일을 시작했고, 간타는 6학년 초부터 새로운 초등학교에 다녔다.

같은 반에는 그와 같은 시기에 전학을 온 학생이 4명 있었는데 다른 반도 사정이 거의 비슷했다. 당시 그 지역이 신흥 베드타운으로 급속히 정비되었던 탓인데, 전학생들과 원래 학교를 지키던 터줏대감들 사이가 나빴던 것은 가만있다가는 눌려 살아야 할지도 모른다는 전학생들의 과민반응 때문이었다. 또한 그런 전학생들은 뭔가 서로 통했는지 금방 패거리를 만들어 주제에 맞지 않게 일상적으로 나쁜 짓거리를 해대며 다녔다.

그러나 그즈음 간타는 앞에서도 말했듯이 천성적인 음울한 기질에 더해 스스로 사람과 거리를 두는 성향이 더욱 강해져 그런 아이들과는 교실 안에서 다소 어울리기는 했어도 결코 깊이 관여하지는 않았다. 또한 다음 해 중학생이 되자 그런 성향은 더욱 강해져서 1, 2학년까지는 지극히 제한된 몇 명과 용건만 이야기할 뿐 다른 말은 한

마디도 하지 않았고, 수업이 끝나면 청소도 하지 않은 채 바로 나와서 집에 들른 후에 혼자 번화가를 방황하는 비딱한 소년이 되고 말았다.

클럽활동도 거의 하지 않았고, 설령 한다 해도 땡땡이를 쳐도 아무도 불평하지 않는 미술부나 향토사연구부 같은 것을 골랐다. 또한 그즈음 그는 도서관에 비치된 신문 축쇄판을 통해 아버지가 저지른 범죄에 대해 처음으로 자세히 알게 되면서 심한 충격을 받아 앞날의 희망은 커녕 지금 만나는 사람들 앞에서도 얼굴을 들 수 없는 기분이었다. 그것이 점차 일종의 체념을 가져다주었고 거지반 자포자기적인 뻔뻔하기 이를 데 없는 성격을 조장했다.

벌써 끝난 일이라고 생각했던 것이 결코 그렇게 간단히 해결되지 않는다는 것을 그는 새삼 깨달았다. 피해를 입은 사람이 있는 한 가해자의 가족에게는 죽을 때까지 죄 아닌 죄가 따라다닌다.

3학년이 되어 집 부근에 신설된 중학교 쪽으로 편입되는 바람에 알고 지내던 한정된 소수의 상대와도 헤어지게 되었다. 그 탓만은 아니었지만 이윽고 학교 자체를 빼먹는 날이 많아졌다. 가끔 학교에 갈 때는 스스로 반항아라는 생각에 젖어 거기에 맞는 분위기를 풍기려 애쓰면서 자기도취에 빠졌다.

그즈음 다른 학군에서 온 불량학생을 중심으로 교내폭력이 왕성했다. 그 누구도 감히 건드릴 수 없고 건드리고 싶어 하지 않는 악마 같은 그룹이 형성되어 조금이라도 눈에 도드라지는 학생이 있으면 하나하나 불러내어 떡이 되도록 팼고 그에게도 순서가 돌아온 적이 있었다. 잔뜩 겁을 먹은 그는 무작정 공손한 태도를 보이고, 조금이라도 가볍게 넘기기 위해 무릎이라도 꿇을 각오를 한 채 옥상 바로 아래의 층계참으로 불려나갔다. 이런 것은 예방주사와 다를 바 없어서 한 번 순간의 고통을(무릎을 꿇는 치욕 같은 것) 참아내면 당분간은 아무 문제 없이 지낼 수 있다.

그런데 그때 간타에게 참으로 큰 행운이 있었다. 그 악당들의 중심에 초등학교 6학년 때 같은 반이었던 아이가 둘이나 있었을 뿐만 아니라 또한 그 녀석들이 소년다운 달콤한 감정을 아직도 간직한 듯 벌벌 떠는 간타에게 연민의 정을 품고, '기타마치는 그냥 둬. 옛날에 같이 놀았던 사이야. 가도 좋아' 하고 봐주는 바람에 상처 하나 없이 무사 귀환할 수 있었다.

그것이 그 그룹에게 아무런 제재도 당하지 않은 사나이라는 소문의 주인공으로 동급생 사이에서 약간 특별한 존재로 인정받는 계기가 되었고, 그래서 간타는 악당 패거리에 속한 아이들이 하나도 없었던 자기 반에서 한껏 외로운 늑대 폼을 잡을 수 있었다.

그런 간타를 두고 어느 여학생이 '기타마치는 불량밴지 아닌지 정말 알 수 없는 애야'라고 너무도 멋들어지게 본질을 콕 집어내기도 했다. 그러나 1년 내내 접근금지라고 쓰여 있는 표정으로 동그마니 홀로 있는 그에게 먼저 친구하자고 말을 거는 상대가 있을 리 없었다. 물론 그 스스로 그런 사태를 조장했다 할 것이다. 문득 정신을 차려 보니 간타는 중학교를 졸업할 때 앞으로도 관계를 이어갈 수 있는 친구라고 할 만한 존재가 하나도 없다는 사실을 깨달았다.

그리고 그런 상태는 지금도 마찬가지다. 지금까지 일용노동 외에도 기본적으로 일당으로 급료를 받는 몇 종류의 아르바이트를 경험했지만, 거기서 얼굴을 익히고 몇 마디 나누기도 하는 상대와도 결국 마음을 터놓고 지내는 사이가 될 수 없었다.

물론 간타도 중학교 시절과는 달리 살아남기 위해서 자연스럽게 최소한의 사교성을 발휘하지 않을 수 없었지만, 그렇다 해서 천성이 바뀔 리 없었다. 아르바이트 기한이 끝나는 날 우연히 다른 사람과 마시러 가서 술에 취하면 상대를 멍청이 취급하는 실언을 일삼았고 그것이 곧 폭언으로, 주먹다짐으로 발전하는 경우도 있었다. 그리고 그 길로 당장 관계는 끝이 난다. 반대로 어쩌다 간타가 호감을 느끼고 친구가 되고 싶어서 같이 놀러 가자고 손을 내밀 때도 있는데, 그런 경우엔 대체로 그 상대가 나름 자기만의 세계가 있다는 듯, 보기에도 음울하고 지저분한 느낌을 주는 간타와는 아르바이트와 관계없이 인간적인 교류를 가지려 하지 않았다.

열일곱 살 때 우에노의 아카후다도 슈퍼마켓 근처에

서 말을 걸었다가 두 달 정도 사귄 별로 예쁘지 않은 동갑
내기 여자와도(이것이 간타가 처음으로 경험한 아마추어
여자의 몸이었는데) 결국은 입에 담지 못할 욕설로 끝장
을 보고 말았으니, 지금 생각해보면 그것 또한 간타의 더
러운 성질 때문이었다.

그러나 간타는 그런 상황을 딱히 외롭다든가 불만스럽
다고 생각하지 않았다. 몇 번이나 말했듯이 뿌리가 그런
데다 후천적으로 다른 사람과 사귀는 일에 일종의 체념
과 두려움 같은 것을 지닌 채 인격 형성기를 지내버린 그
에게는 어차피 백 명의 친구보다 한 잔의 술이 훨씬 더 마
음에 위로가 되었다. 오로지 물질적인 것에서 곤란을 느
낄 따름이었다. 고작 몇백 엔 정도가 없어서 괴롭고 비참
한 지경에 빠지고 마는 간타이고 보니 이런 때 친구라도
하나 있으면 이 정도는 가볍게 변통할 수 있을 텐데라는
생각을 하기도 한다. 그래서 노동을 하다가 잠깐 쉴 때 담
배 한 개비 달라고 손을 내밀 사람도 없어 허망하게 텅 빈
담뱃갑만 쥐고 있어야 하는 일도 여태 수없이 많았다.

그렇지만 이런 일용 노동의 현장에서 새로이 친구를 사

권다는 일이 불가능하다는 것을 간타 자신이 잘 알았고, 또한 거기에서 그런 사람을 구할 마음도 애당초 없었다.

어디까지나 먹고살기 위한 일당 5천 5백 엔만이 그의 목적이었다.

이렇게 꼴사나운 간타의 암울한 현실에 어느 날 약간의 변화가 찾아왔다.

늘 그랬듯이 그가 무일푼으로 이틀 만에 하역회사의 버스에 올랐을 때였는데, 그날은 벌써 20명 정도가 들어차서 창가 자리는 벌써 만석이라 맨 뒤의 5명이 앉는 자리로 가서 오른쪽 끝에 있는 젊은 남자에게 가볍게 인사를 하고 가운데 앉았다.

그리고 오는 길에 야마노테 선 전철의 선반에서 집어온 스포츠 신문을 천천히 읽고 있는데, 젊은 남자가 작은 목소리로 말을 걸었다.

"이거, 어디로 가는 건가요?"

간타는 승차 때 보았던 버스 번호로 추측하여 아마도 헤이와 섬일 것이라고 대답하고 힐끗 상대의 얼굴을 살

펴보니, 표정에 어딘지 모르게 산 채로 저승을 헤매는 듯
한 몹시 불안한 빛이 떠돌았다.

그래서 간타는, 아, 이 친구 오늘 처음이로군, 하고 (헤
이와 섬의 별명은 지옥1번지) 속으로 중얼거리며 다시
신문을 보았다. 첫날에 흔히 겪는 그런 불안한 기분을 그
또한 충분히 기억하고 있었다.

현장에 도착하자마자 평소처럼 곧 작업이 시작되었는
데, 새삼 살펴보니 남자는 키가 170센티미터인 간타보다
5, 6센티미터 정도는 커 보이고 탄탄하게 균형 잡힌 노동
자 못지않은 몸매의 소유자였다.

슬쩍 곁눈질로 살펴보니 냉동 오징어를 선별하여 싣는
일도 그리 힘들이지 않고 아주 당차게 해치웠다.

그리고 점심시간이 되자 남자는 안벽에 앉아 도시락을
먹는 간타 바로 곁으로 와서 이런저런 말을 걸었다.

"여기서 일한 지 오래됐습니까?"

처음 그가 내뱉은 말은 그 한마디뿐이었다. 나중에 알
게 되었지만 구사카베 쇼지라는 이름의 남자가 한 말은
첫 대면한 출장 안마시술소 아가씨에게 대화의 실마리를

풀기 위해 자신이 건네던 말과 비슷한 느낌이었다.

오랜 세월 남과 제대로 대화를 해보지 않은 간타가 살짝 긴장하면, "글쎄, 뭐" 하고 대답하고는, 곧이어 "그런데 매일은 아니고……" 하고 구사카베는 방긋방긋 웃으면서, "대학생입니까?" 하고 다시 물었다.

"아니, 그게 아니고…… 그쪽은 대학생?"

"나는 전문학교에 다닙니다. 올해부터요."

"올해부터라면, 그럼, 얼마 전까지는…… 봄까지는 고등학생이었어?"

구사카베가 고개를 끄덕이자 간타는 그렇다면 자신과 동갑이라고 생각하고 높임말을 그냥 쓰게 하는 것도 미안하다는 생각이 들었다.

"혹시 67년생?" 하고 유도심문을 했다.

"68년생이지만 2월에 태어나서……."

구사카베는 살짝 말투를 바꾸어 말했다.

"그럼 같은 학년이었잖아. 여기 출신? 어느 구?"

딱히 같은 학년이 드물지는 않지만 너무도 오랜만에 대화라는 것을 해보는 터라 평소 무뚝뚝하기만 한 간타도 어색한 웃음을 흘렸다.

그러자 구사카베도 까무잡잡하니 그을은 얼굴로 온화하게 웃으면서 말했다.

"아니, 나는 태어난 곳도, 자란 곳도 모두 규슈. 3월에 왔어."

"아, 그렇지만 덩치가 좋아서 그런지 힘들지 않게 잘하더라. 첫날인데 조금도 서툴지가 않아. 혹시 육체노동은 많이 해봤어?"

간타가 진심으로 감탄하자 구사카베는 다시 부드럽게 웃으며 대답했다.

"아니, 너무 힘들어. 무슨 문어 덩어리가 저렇게 딱딱해. 저걸 저녁때까지 했다가는 팔 근육이 견디지 못할 거야. 나, 10시쯤에는 견디기 힘들어서 그냥 가버릴까 했어."

자학적인 어투지만, 말과는 달리 표정은 너무도 밝고 젊은이답게 눈동자도 반짝반짝 빛났다.

앞에서도 말했듯이 천성이 비딱한 간타인지라 여기서도 그런 구사카베와 자신의 처지를 비교해보고 마음 한 구석에서 (부모 피나 빨아먹는 놈)이라며 상대를 아래로 얕잡아보고 싶은 기분도 들었지만, 한편으로 정말 대화하기 쉬운 상대라는 호감 비슷한 것도 일었다. 구사카베의 천성적으로 밝은 기질 덕분일 테지만, 역시 그런 성격을 가진 젊은이는 음울한 인간에게 그런 인상을 주는 게 특기인 모양이다.

그런 분위기 속에서 도시락을 다 먹을 즈음에 구사카베는 간타에게 속내를 거침없이 털어놓는 친구 같은 분위기를 풍기며, "목마르지 않니? 마실 것 사올게" 하고 자리에서 일어나 청바지 호주머니에서 동전지갑을 꺼냈는데, 그 행동에 간타는 그만 풀이 죽어서, "아, 나는 돈이 없으니까…… 마음에 두지 말고 혼자 마셔"라는 서글픈 대사를, 그렇지만 뭔가를 바라는 듯한 투로 나지막이 중얼거린다.

그러자 구사카베는 아니나 다를까, "그 정도라면 빌려줄게. 아니, 1백 엔 정도는 내가 살게. 같이 마시러 가" 하고 참으로 시원스런 미소를 보이며 간타를 재촉하여 앞서 걸어간다.

"어, 정말 괜찮아? 그럼, 미안하지만 성의를 봐서 마실게."

간타도 눈을 빛내면서 일어나 덩치는 산만 한 주제에 구사카베의 뒤를 헤실헤실하며 따라간다.

그리고 그들은 3시의 휴식시간에도 어느 쪽이 먼저랄 것 없이 서로 다가가 지친 얼굴을 마주하고 쓴웃음을 주고받았고, 간타는 다시금 구사카베에게 콜라를 얻어마셨다.

간타는 이 작업장에서 이렇게 사람을 만나 친하게 대화를 나누기는 처음이었고, 거기다 하루에 두 번이나 뭔가를 얻어먹은 경험은 지금까지의 인생에서 한 번도 없었다.

그렇지만 결국 그것도 작업시간의 한때에 지나지 않았다는 듯, 한 시간의 잔업을 마치고 여느 때처럼 교통비를 절약하기 위해 그 자리에 남은 간타를 거들떠보지도 않고 구사카베는 볼일이 있다며 재빨리 옷을 갈아입고 모노레일을 타러 가버렸다.

그래도 간타는 그 뒷모습을 바라보며 딱히 주스를 얻어 마셨기 때문이 아니라, 아, 정말 좋은 놈이야, 하고 약간은 상쾌한 기분으로 중얼거렸다.

그로부터 사흘 뒤, 역시 무일푼인 그가 아침에 하역회사로 가서 지시받은 대로 지난번과 마찬가지로 헤이와 섬으로 가는 버스를 탔는데, 바로 뒤에서 구사카베가 올라타는 걸 보고 그는 눈을 동그랗게 뜨고 말았다.

"오오."

간타는 저도 모르게 짧은 탄성을 질렀고, 구사카베도 눈을 동그랗게 뜨고 얼굴에 살짝 미소를 머금더니 그의 옆자리에 앉았다.

물어보니 구사카베는 어제도 그저께도 일을 했고 현장은 첫날부터 줄곧 헤이와 섬이었다고 한다.

오늘도 이야기 상대가 생겼다고 간타는 왠지 모르게 기쁜 마음으로 역시나 주워 온 스포츠 신문 일면에 구사카베가 눈길을 던지자, 읽을래, 하고 그 면을 부스럭거리며 찢어서 내밀었다.

점심시간에 다시 안벽 끝에 나란히 앉아 도시락을 먹으며 이번에는 마음을 터놓은 친구처럼 대화를 나누어 보니 규슈 출신이라는 구사카베는 고등학교 시절에 아주 유

명한 수영대회에 선수로 출전한 경험이 있는 듯, 매일 해 뜰 때부터 질 때까지 물에서 사는 생활을 했다고 한다. 졸업 후 상경하여 어떤 전문학교에 들어가서 현재는 향토장학금 덕분에 교도 부근에서 혼자 지낸다고 한다. '어떤 전문학교'라는 묘한 말을 썼는데, 이것은 구사카베가 그때 분명히 무슨무슨 전문학교라고 이름을 밝혔지만, 그딴 건 자기와는 관계 없는 세계라고 그냥 흘려듣고 나중에 다시 묻지 않았기 때문에 어쩔 수 없이 그렇게 표현한 것이다.

"아, 그랬구나. 스포츠로 단련한 몸이었어. 그래서 중노동도 가볍게 해낼 수 있는 거였네. 보고 있자니 힘없는 아저씨보다 두 배는 더 하는 것 같더라. 좀더 느긋하게 해도 되지 않을까."

"빨리 해치우고 빨리 돌아가고 싶어서. 그리고 이런 일은 수영 훈련에 비하면 너무 쉬워. 사용하는 근육이 다르기는 하지만."

"그럴 테지. 아니, 분명히 그럴 거야."

"너는 고등학교 때 뭐 했어?"

"아, 나는 고등학교 가지 않았어…… 그전에는 야구를

했지. 3년 정도 계속."

갑작스러운 물음에 간타는 저도 모르게 거짓말을 하고
말았다.

중졸이라는 것은 사실이지만 무슨 영문인지 수영으로
이름을 날린 또래 앞에서 향토사연구부 출신이라는 말은
하기 싫었다. 나약한 놈이라고 경멸하고 얕잡아볼지도 모
른다고 생각했다. 아마도 야구는 실제로 해보았고 그가
관심을 가진 유일한 스포츠라서 자연스럽게 그런 말이
튀어나온 듯하다.

그러나 구사카베는 간타가 중졸이라고 하는데도 도무
지 개의치 않았고, 간타의 거짓말을 곧이곧대로 믿는 것
같았다.

"와, 야구란 말이지. 나도 야구 좋아해. 너처럼 본격적
으로 하지는 않았지만…… 그렇지, 투수 느낌은 아니야.
어깨 좋은 좌익수 정도. 맞아?"

그리고 구사카베는 간타에게 어제 어느 현장에서 일을
했느냐고 물었다.

"아, 나는 어제 나오지 않았어. 그 전 날도 오지 않았고.

이거 매일 하는 건 좀 그러니까."

"이것 말고도 할 만한 아르바이트가 있어?"

"아니, 지금은 이것뿐이야."

"그럼 먹고사는 데 지장 없니? 아버지가 돈 많이 보내줘?"

"그딴 거 없어. 그런데 낮에는 학교에 나가야 할 텐데 어떻게 어제도 오늘도 이런 델 나올 수 있어? 그쪽이야말로 고향에서 돈을 많이 부쳐주는 모양이지."

"그리 많지는 않아. 고작 방값 정도. 그리고 학교는 지난주부터 여름방학이야. 그래서 좀 벌어두려고."

"아, 여름방학이란 말이지. 그랬구나. 그럼 다음 달 말까지 쭉 여기서 일할 생각이야?"

"아직은 모르지만 일단 내일은 나올 거야. 아마 모레도 글피도 나올 테지만."

이런 중노동을 아무렇지도 않게 연일 해치우다니.

"흠. 그렇지만 좀 그렇네. 그쪽은 나랑은 달리 여러 군데 일할 데가 있잖아? 젊은 여자들이 있는 데라든지. 판매원도 할 수 있고 음식점 같은 데서도 일을 할 수 있을 텐데, 왜 하필이면 이런 데서 고생해?"

그냥 입 발린 소리로 하는 게 아니라 구사카베의 탄탄한 몸매는 육체노동자로는 어울리지 않는, 정말로 수영 같은 스포츠로 단련했다는 느낌을 주었다. 게다가 살짝 위로 치켜올라간 눈매와 날렵해 보이는 인상도 그렇고 전체적인 얼굴 생김새가 여자들에게 인기를 끌 만한 타입이고, 간타의 푸석푸석한 머리와는 완전히 다른 느낌으로 아무렇게나 기른 머리카락도 어쩐지 일부러 손을 대어 보슬보슬하게 만들어놓은 것 같았다. 냉동 문어 상자보다는 서프보드를 드는 편이 더 잘 어울릴 것 같았다.

간타가 그런 소박한 의문을 풀기 위해 물어보자 구사카베는 태연하게 대답했다.

"그야 일을 마치면 바로 돈을 주니까."

그리고 또 이렇게도 말했다.

"점원 아르바이트는 언제든 구할 수 있고, 또 도쿄까지 온 참에 여러 가지 일을 해보고 싶기도 해서."

아르바이트를 포함해 자신의 생활을 온전히 즐기는 듯한 느낌이다.

그것이 간타는 너무도 부러웠다. 질투가 일어날 정도였지만, 그보다도 그런 구사카베가 얼마나 남자답고, 얼마나 담백하고 시원스러우며 또 얼마나 훌륭한 남자인가 하는 생각이 들어 진심으로 감탄하지 않을 수 없었다.

그에 비해 자신은 같은 나이인데도 매일 아침 일을 나가야 할지 말아야 할지 무지 고뇌하다가 겨우 기어나온 다음에도 내심 씁쓸한 기분을 버리지 못한다. 그리고 마지막까지 현실을 거부하며 몸부림치는 실로 경멸스럽고 결단력 없는 남자였다.

구사카베에 비하면 자신이 얼마나 존재감이 없는 인간인지, 뿌리부터 남에게 지기 싫어하는 간타는 심한 수치심에 사로잡혔다.

그래서 일이 끝나고 책임자가 다가와 각자에게 내일 출근할 의향을 물었을 때, 간타는 두말없이 나온다고 대답했다.

여태 이틀 연속 일을 한 적은 거의 없었다. 그런 그가 내일만이 아니라 모레도 글피도 현장에 나오리라 내심 결의를 굳히는 것이었다.

애당초 간타의 그런 결의에는 약간의 돈을 만들어내지 않으면 안 될 사정도 크게 작용했다. 그는 며칠 전부터 집주인의 방세 독촉에 시달리고 있었다.

어느새 넉 달 치 방세가 밀렸는데, 그 총액 6만 엔을 한꺼번에는 힘들 테니까 분할해서 조금씩 지불하라고 집주인은 강력하게 요구했다. 그리고 더 지체하면 즉시 방을 비워주겠다는 각서를 써야 했다. 당연히 집주인은 어머니 가쓰코에게도 연락을 했으나, 여태 옮겨 온 다섯 군데의 방에서도 지금과 같은 행위를 반복하면서 단 한 번도 제대로 방세를 지불하지 않은 간타와 관련된 그런 항의성 연락에 넌더리가 났는지 가쓰코는 아무리 전화가 울리고 편지가 날아와도 무시해버리고 나는 상관없노라는 태도를 고수하는 모양이었다.

무슨 일이든 배 째라는 식으로 배짱을 부리는 간타이긴 하지만 천성이 소심하기 짝이 없는 사내인지라 역시나 넉 달이나 방세가 밀려 각서까지 쓰고 보니, 그 가운데 삼분의 일이라도 지불하여 급한 불을 꺼야겠다는 기특한 생각을 하기에 이르렀다.

그런 사연으로 구사카베의 노동 의욕에 자극받은 것을 기회로 삼아 그도 매일 출근하리라 결심했는데, 만일 이것이 구사카베가 없는 다른 현장이었더라면 과연 이렇게 일에 대한 의욕을 가졌을지 알 수 없는 노릇이다.

세상 그 누구보다 게으른 간타이지만 정작 일이 다급해지면 결국 될 대로 되라는 식의 배짱을 부려, 넉 달이건 다섯 달이건 그리 다를 것 없지 않느냐고 단돈 1천 엔도 지불하지 않고 집주인에게 거짓 눈물을 흘리며 무릎을 꿇는 정도의 연기는 껌이라도 씹는 듯한 감각으로 가볍게 해치울 수 있다. 사실 그는 다른 곳에서 그런 유의 각서를 몇 장이나 능쳐본 적이 있다.

이 하역회사에서는 계속 나오는 사람의 파견 현장을 대체로 같은 장소에 고정시키는 경향이 있다. 그래서 구사카베와 다른 현장에 배치될 확률은 거의 없다. 물론 간타도 그것을 예상하였다. 따라서 그의 연속 출근에는 구사카베라는 존재가 큰 영향을 끼쳤다 할 것이다. 아니, 그렇게 빙 둘러서 말할 것도 없이 아무래도 그 단계에서 간타는 구사카베에게 완전히 매혹당한 것 같았다. 그리고 더 솔직하게 말하자면 이쪽에서 다가가서라도 친구로 삼고 싶은 참으로 드문 상대였다.

초등학교 1학년 같은 그런 소박한 설렘이란, 간타에게는 실로 오랫동안 품을 기회조차 없었던 감정이었다.

그런 사연으로 연속 출근을 하게 된 간타는 처음 사흘 정도는 몸도 마음도 피로에 절어 처음의 결의를 무너뜨리고 싶은 생각에 아침마다 망설임과 싸워야 했으나, 결국 몸 하나만은 건강하게 타고난 덕분에 힘든 노동에도 익숙해져 닷새나 연속으로 일을 하고 보니 이제는 매일의 노동이 당연한 일상이 되었다.

또한 자연히 금전적인 면에서 적어도 먹고 마시는 데
한해서는 이전처럼 불편을 느끼지 않았고, 똑같은 일당이
라도 그 가운데에서 5백 엔을 방세로, 1천 엔을 매음을 위
한 자금으로 남겨둘 여유까지 생겼다. 이렇게 계속 모으
기만 하면 한 달 후에는 체납 방세 가운데 한 달 치를 갚
을 수 있고, 3주 후에는 본 게임도 가능한 싸구려 여자를
살 수 있다.

이제 밤에 술을 마실 때도 회 한 접시를 곁들인다.

그리고 구사카베하고는 매일 얼굴을 마주하다보니 돌
아가는 길에 하마마쓰초 부근에서 같이 술을 마시는 사
이가 되었다. 싸구려 체인점 술집에서 더치페이로 돈을
내고 같은 또래와 대화를 나누며 마시는 술은 특별한 맛
이 있었고, 말로 다할 수 없을 만큼 따스하고 즐거운 시간
이었다.

천성이 의외로 외로움을 잘 타는 간타인지라 그 즐거
움을 잊지 못해 거의 매일 술자리를 마련하고자 했는데,
구사카베는 무슨 볼일이 있을 때도 몇 번 떼를 쓰면, 그럼
한 시간만, 하고 정말로 한 시간 동안만 선술집까지 동행

해주니 그가 점점 더 구사카베를 좋아하게 되는 것은 당연한 일이었다.

간타는 하루가 다르게 구사카베에게 우정 비슷한 것을 느끼기에 이르렀고, 또 매일 일을 나가다보니 같은 현장에서 고정적으로 일을 하는 사람들과도 조금씩 대화를 나누게 되었다.

그 가운데 다카하시라는 사람이 있었다. 서른은 넘은 듯하고 작은 몸집에 눈이 부리부리한 것이 공격적인 인상이었는데, 음울한 간타와는 또 다른 의미에서 어딘지 모르게 다가가기 힘든 묘하게 불온한 분위기를 풍기는 남자였다. 그러나 어느 날 점심 때 평소처럼 안벽에 나란히 앉아 도시락을 먹는데, 다카하시가 도시락을 들고 다가와서 구사카베의 옆에 앉는 것이었다. 그리고 부리부리한 눈에 웃음기를 머금고 말을 걸어왔다. 그 모습이 겉보기와는 달리 아주 친근감이 있어서, 다카하시의 나이를 고려하여 높임말을 쓰긴 했지만 무작정 말을 터도 될 것 같은 분위기가 조성되었다.

히가시나카노 쪽에서 오는 모양으로 돌아가는 길에는

간타와 도쿄 역까지 같이 전철을 탔다. 몹시 쾌활하고 말을 잘해서 같이 있어도 어색하거나 부담스럽지 않았다.

그래서 간타는 꽤 친해졌다는 느낌이 들었을 즈음에 구사카베와 셋이서 돌아가는 길에 마시지 않겠느냐고 했더니, 다카하시는 단호한 어투로, "난 아내와 자식이 있어서 일이 끝나면 일당을 가지고 돌아가야 해" 하고 거절하는 것이었다. 이런 일에는 고무줄보다 더 질긴 간타도 두 번 입을 뗄 엄두를 내지 못할 만큼 험악한 분위기를 풍겼다. 간타는 다카하시가 그 말을 내뱉을 때의 표정 속에 뭔가 가르치려는 듯, 자식 까불고 있어, 잘 대해주었더니만 기어오르려고 해, 라는 뉘앙스가 깔려 있는 것 같아 찬물을 뒤집어쓴 기분이었다. 그래서 그 순간 사내에 대한 호감이 몽땅 사라지고 말았다.

그래서 그후 다카하시가 점심 때 홀로 운하의 얕은 곳으로 내려가 묘하게 진지한 표정으로 조개를 캐는 것을 보고는 크게 웃어주었다.

다카하시는 집에 가져갈 양으로 그것을 비닐봉지에 넣었고 세심하게도 삽까지 지참했는데, 조개가 상하지 않게 냉동창고 안의 준비실 입구 한구석에 두려고 갔다가 사원에게 한 마디 들었다.

"이런 염천에 시궁창에서 캔 조개 같은 걸 먹다가는 큰일 나! 아무리 삶는다 해도 이런 조개를 먹을 바보 같은 놈이 세상에 어딨나!"

어이가 없다는 듯이 꾸짖자 그는 풀 죽은 모습으로 비닐봉지 속의 조개를 버렸다. 불퉁한 표정에 얼굴까지 발개진 다카하시를 바라보다가 간타는 지난날의 감정이 솟구쳐올라, "뭐야 저 자식, 멍청이잖아. 여기가 무슨 지네 고향 바다랑 똑같은 줄 알아. 마누라한테 선물을 하고 싶다니, 정말 눈물이 날라카네" 하고 구사카베와 다른 사람이 있는 앞에서 내뱉고 말았다. 그것이 살짝 다카하시의 귀에 들렸는지 혹은 누군가가 일러바쳤는지 그날 이후로 다카하시는 간타에게 일체 말을 걸지 않았을 뿐만 아니라 상대도 하기 싫다는 태도를 보였고, 간타 또한 그 즉시 그를 완전히 무시했다.

그리고 그로부터 보름이 지난 후 앞에서 말한 관습에 따라 간타와 구사카베는 바지선도 거의 들어오지 않고 컨테이너 차도 많지 않은, 다시 말해 작업할 짐이 평소보다 비교적 적은 한산한 날에는 창고에 배치되어 실내 작업을 거들게 되었다. 연속 출근자로, 말하자면 창고 직원 후보로 지목되었음을 뜻하는 것인데, 다른 사람들은 그 사이 휴식을 취하는 터라 간타에게는 그다지 달갑지 않은 친절이었다.

거기서는 지게차를 조금 줄여놓은 듯한, 선 채로 운전하는 전동식 지게차를 사용하여 일꾼들이 선별한 문어나 오징어를 냉동창고 안으로 넣거나 또는 출하를 위해 내리는 등 여러 가지 냉동식료품 입출고를 관리한다.

1층에 세 개의 거대한 창고가 있고, 3명의 창고 당번이 하나씩 맡았는데, 간타는 방한복을 착용한 채 그들에게 이리저리 불려다니면서 전동 지게차의 뒤를 따라 영하 30도의 창고 안으로 들어가서 지시받은 물품을 정해진 수만큼 기계의 받침대에 놓인 팔레트에 실었다.

1층 한구석에 작은 방이 있어 그곳의 팩스로 사무실에서 보낸 출하전표를 받는다. 방 한가운데에는 한여름인데도 커다란 가스난로가 활활 타올랐다. 정말 어이가 없는 풍경이었지만, 아무리 상하 방한복을 입었다 해도 10분 정도만 냉동고에 있다 나오면 불기를 쬐지 않고는 마비되어버린 손가락 끝의 감각이 살아나지 않았다.

전표가 들어오지 않을 때는, 그런 방침이 있어서일 테지만, 창고 담당이 간타에게 전동 지게차의 조작법을 가르쳐주었다. 우선 전진과 후진의 기본적인 수순을 설명해주었는데 마음이 가지 않는 일에 대해서는 죽어도 관심을 기울이지 않는 간타인지라 듣는 둥 마는 둥이었다. 어차피 그는 여기서 오래 일할 생각이 없는 것이다.

지게차라 해도 기본구조는 승용차와 별반 다를 바 없고 운전 조작 순서도 비슷해서 보통면허를 가지고 있으면 아무나 움직일 수 있는 도구인 듯하고, 한편으로 전동 지게차는 지게차와 같은 듯하면서도 달라, 제대로 움직이려면 꼬박 일주일은 걸린다고 한다.

운전면허가 없는 간타는, 그렇다면 자신에게는 도저히 불가능한 일이라고, 게다가 길고 가느다란 그 물건이 묘하게 불안정해 보여 함부로 운전을 하다가 뒤집어지기라도 하면 크게 다칠 것 같아 두려웠다.

실제로 그는 회전식 핸들을 마구 돌려야 겨우 움직이는 그 바퀴가 도대체 어느 정도 돌리다 어디서 멈춰야 가고 싶은 방향으로 갈 수 있는지 요령을 종잡을 수 없어 실전 연습도 적당하게 넘어갈 수밖에 없었다.

그러나 구사카베는 그런 간타와는 달리 요령을 매끄럽게 익혀 어느새 창고 안을 자유자재로 오갔다. 그리고 바로 다음 단계의 받침대 오르내리기 조작을 배우기 시작했다.

또한 창고 일을 하게 된 이후로 그들 두 사람은 인부용 도시락이 아닌 창고 사원식당에서 점심을 먹을 수 있는 특권을 누렸다. 이는 일당에서 도시락 값으로 2백 엔을 제하는 것과 같은 시스템이긴 하지만 나오는 밥이나 반찬은 비교가 안 될 정도로 좋았다. 무엇보다도 따뜻한 밥과 뜨거운 된장국이 더없이 좋았고 두 그릇까지는 무조건 리필이 가능했다. 반찬은 볶거나 구운 생선이 대부분이었지만 때로 얇은 돈가스에 작은 생두부가 딸려나오기도 하고 카레라이스가 나오는 날도 있었다.

조금 일찍 식당으로 가서 밥을 실컷 먹은 다음 배를 꺼

뜨릴 요량으로 안벽에 나가보면 죄수처럼 줄을 지어 앉아 도시락에 목을 맨 노동자를 볼 수 있다.

"같은 일꾼이라도 이건 정말 달라도 너무 다르네."

간타가 옆에 있는 구사카베에게 속삭였다.

"사원식당에서 먹어본 이상 이제 저 도시락, 너무 슬퍼서 받아들 수도 없을 거야. 여태 저런 걸 먹고 잘도 밤까지 일을 했다는 생각이 들어."

그러면 구사카베도 쓴웃음을 지었다.

멍청한 간타는 거기에 이르러서야 연속 출근자의 특권이 주는 우월감에 젖어드는 것이었다.

그리고 곧 다카하시도 그들과는 다른 층이지만 창고 쪽으로 올라온 듯, 그들처럼 전동 지게차 연습을 시작한 모양이었다.

4

한 달이 지나도 간타의 성실한 노동은 의연하게 계속
되었다.

이제는 구사카베를 둘도 없는 친구처럼 대했고, 그 거
친 말투하며 마치 졸개라도 하나 거느린 듯한 태도였다.

그러던 어느 날, 우연히 4시 이전에 작업이 모두 끝나
자 빨리 귀가하는 분위기가 되어 간타는 구사카베에게
우에노 부근에서 영화라도 한 편 보는 게 어떻겠느냐고
제안했다.

"실베스터 스탤론의 〈코브라〉라는 놈인데, 정말 재미
있다고 해. 일찍 마친 참에 같이 가지 않을래?"

"영화라…… 나, 어두운 곳에 오래 있는 거 좀 싫어해.
별로 가고 싶지 않아."

"괜찮아, 우리 같이 가자. 액션물이라서 가슴이 두근두
근, 아마 너도 한바탕 난리를 치고 싶어질 거야."

간타는 무작정 구사카베의 소매를 잡아끌 듯하며 우
에노로 가는 전철을 탔지만, 그 안에서 구사카베가 "역
시 영화는 안 보는 게 좋겠어. 어디 들어가서 밥이나 먹고
오늘은 그냥 가자" 하고 도무지 따라올 기색을 보이지 않
자, 간타는 이 자식 남자 둘이서 영화를 보는 행위 자체를
창피하게 여기는가 싶어 어쩔 수 없이 예정을 변경하여
아직 해가 떨어지지도 않았는데 신주쿠 역 동쪽 출구 부
근의 술집으로 들어갔다.

술이 거나하게 오르자, 오늘 구사카베가 자신의 뜻을
거부하고 오로지 자기 편한 대로만 했다는 사실에 화가
치밀어, 그렇다면 이번에야말로 자신의 뜻을 관철시키겠
다는 기세로 같이 눈요기도 시켜주고 딸딸이도 쳐주는
대딸방에 가자고 닦달을 했다.

그러자 구사카베도 빙긋빙긋 웃으며 그리 싫지 않은

표정을 지었다.

"뭐야, 너. 아직 안 가본 거야? 2천 5백 엔에 2천 엔을 더 주면 아가씨가 손으로 해주는 거야. 어차피 집에 가면 내 손으로 발사해야 하니까 내친 김에 거기서 하지 뭐."

간타는 마치 자신이 그 방면에 도가 튼 듯한 말투로 구사카베를 선동하고는 재빨리 계산을 마치고 가부키초 방향으로 들어섰다. 지금까지 간타가 대여섯 번 이용한 적이 있는 건물 앞에 이르자 구사카베는 갑자기 겁이라도 먹은 듯이 "손으로 이렇게 저렇게 한다고 네가 하도 떠들어대니까 따라오긴 했지만, 역시 이런 짓은 별로인 것 같아. 범죄 같은 거야" 하고 아주 모범생 같은 말을 한다. 그 말에 간타도 조금 머쓱해졌다.

"물론 밖에서 그런 짓을 하면 범죄이지만, 실제로 하지 않고 간접 체험으로 맛보라고 이런 가게가 있는 거잖아. 여기서 눈요기 좀 했다고 해서 처벌을 받는 것도 아니고 체포되는 것도 아니니까 오히려 감사하게 생각해야지."

"그럴지 어떨지는 모르지만 더러워. 역시 더러워. 이런 짓거리."

"더럽기는 뭐가 더러워. 일종의 필요악이라고 생각하면 돼."

"필요악이라는 말로 뭐든 괜찮다고 하는 건 좋지 않아. 그런 말은 본래 없어도 되는 것을 만들어놓고, 그걸로 이익을 보려는 자들이 억지로 정당화하려고 만들어낸 유치한 구실에 지나지 않아. 진리를 왜곡시키는 말일 뿐이야."

"왜곡시키건 안 시키건 아무래도 좋아. 머리로 따지고 하는 그런 것이 아니니까. 여자가 벌거벗고 혼자 하는 짓거리를 엿보면서 여자에게 딸딸이를 치게 하면 정말 기분 좋다니까."

"아니, 그러니까 엿보는 것 자체가 부끄러운 일 아닐까. 원래 나는……."

"아, 짜증나네. 자식, 뭐가 원래야. 이제부터 입 다물어. 한번 맛보면 중독되고 말 테니까."

간타는 우물쭈물하는 구사카베를 억지로 엘리베이터 안으로 밀어넣고 가게 안으로 들어갔다.

그리고 20분 후, 뇌가 마비된 듯한 짜릿한 여운에 젖은 채 검은 커튼을 친 방을 나선 그는 프런트 곁의 자그만 세면대에 선 구사카베의 뒷모습을 바라보다가 손을 열심히 씻고 나서 그 손가락 끝을 코에 갖다대는 그의 동작에 움찔하고 만다.

간타는 빌딩 바깥으로 나온 뒤 눈을 부릅뜨고 물었다.

"어이, 손가락이라도 넣었어? 왜 그래?"

"아니, 그게 아니라, 생리적으로……."

"어이, 어엿하게 2천 엔 지불했잖아? 그래놓고 네 손으로 흔들었을 리 없을 텐데."

"여자가 그래주기는 했지만 난 성격적으로 이런 걸 한 다음에 손을 씻지 않으면 찜찜해서 그래."

발사 후의 어색한 표정으로 퉁명스럽게 내뱉는 그 말을 듣고, 간타는 (멍청한 새끼, 그런 걸 한 다음에 손을 씻으면 억지로 여자 걸 만졌다고 종업원이 의심하잖아. 이런 촌놈 새끼) 하고 내심 구사카베에게 욕을 퍼부었는데, 한편으로는 아무래도 이 자식 보기와 다르게 아직 동정일지 모른다고 깔보기 시작했다.

그래서 역으로 가는 도중에 "어이, 다음 주에는 안마시술소에 같이 가. 나, 좋은 가게 알고 있으니까 너도 3만 엔

준비해둬” 하고 빙긋빙긋 웃으며 말하자, 구사카베는 방
금 그 짓을 했는데 또 그런 말을 하면 어떡하느냐고 하면
서도 마지막에는 “그럼, 3만 엔 마련되면” 하고 짐짓 아닌
척하면서도 기분 좋게 받아들이는 것이었다. 그래서 간타
는 모아둔 자금을 다음 주에 써먹으리라 결의를 굳혔다.

“대딸방보다는 안마시술소가 훨씬 낫겠지. 같이 가줄
테니까, 정말 좋은 곳에 데려가야 해. 할망구가 나오면 너
한테 물어내라고 할 테니까 알아서 해.”

“마음 푹 놔. 나에게 맡겨둬. 네가 풀에서 허우적대느
라 세월을 보낼 때 난 묵묵히 이 방면을 개척해왔으니까.
나 말이야, 열다섯 살 때부터 이 물에서 논 몸이야.”

간타는 그런 대사를 내뱉는 자신에 대해 터무니없는
자부심을 느끼며 푸근한 미소를 머금었다.

그리고 그후 약속한 대로 안마시술소 행사를 마친 다
음에도 가끔 두 사람은 싸구려 마사지 숍을 들락거렸다.

그런 식으로 술뿐만 아니라 싸구려 마사지 숍까지 들
락거리다 보니 아무리 매일 출근해서 일한들 간타의 사
정은 전보다 조금도 나아지지 않았다. 그는 방세를 내려

고 모으기 시작했던 1만 엔 정도의 돈에도 결국 손을 대고 말아, 결국 그 달 말에 주인에게는 한 푼도 건네줄 수 없었다.

그래서 어쩔 수 없이 다시 사죄하려고 주인집 문을 두드리는데, 뜻밖에 아들이라면서 사십대 남자가 나와 이전에 간타가 쓴 각서를 내밀며 밀린 방세를 분할하여 반드시 변제한다 해놓고 그것을 지키지 않았으니 이번에는 그 내용대로 내일까지 방을 비워달라고 강력하게 말하는 것이었다.

간타는 주특기를 발휘하여 번개처럼 재빨리 무릎을 꿇었지만 상대는 봐줄 생각은 추호도 없는 듯, 눈 하나 깜짝하지 않고 냉랭한 표정으로 경찰을 부르겠노라며 벼르고 있었다는 듯이 압박을 가하니, 결국 이번에는 최후의 통첩이라는 사실을 순순히 받아들이지 않을 수 없었다.

어쩔 수 없이 간타는 모레 밤에 방을 비우겠다는 뜻을 전하지 않을 수 없었고, 이번에는 반드시 말한 대로 실행해야 할 처지에 놓이고 말았다.

일이 그렇게 되고 보니 우선 잠잘 곳을 확보해야 했는데 지금 그런 부탁을 할 상대는 오직 한 사람뿐이었다.

다음 날 아침 하역회사의 버스에 올라타서 벌써 자리에 앉아 청춘잡지인지 뭔지를 읽고 있는 구사카베에게 "미안하지만 잠시 네 방에 신세 좀 질 수 없을까?" 하고 툭 말을 던졌다.

눈을 동그랗게 뜨는 구사카베에게 대충 사정 설명을 하자, "그건 좀 어렵겠어. 나, 세 평짜리 방에서 살거든" 하고 단박에 거절한다.

"세 평이나 되면 나 하나 정도 옆에서 뒹굴어도 되잖아."

"짐이 많아. 그리고 침대를 쓰니까 빈 공간이 거의 없어. 이불도 여유분이 없고 말이야."

"그건 아무 문제도 아냐. 왜냐하면 난 요 3년 동안 사계절 불문하고 이불을 덮고 자본 적이 없으니까. 요즘 같아선 얇은 타월 하나만으로 충분해. 몸만 누이면 된다니까."

"넌 그래도 좋을지 모르겠지만 난 정말 곤란해."

"왜? 내가 아무 문제 없다고 하잖아. 정말이야. 열다섯 살에 독립한 이 몸은 말이야, 한겨울에도 다다미 바닥에 담요 한 장 말고 잤어. 이불 같은 거 살 돈도 없었거든."

"아니, 그러니까 이불만 두고 하는 말이 아니라……."

쓴웃음을 지으며 구사카베가 말꼬리를 흐리는데 대화를 옆에서 듣던 왼쪽 자리의 오십대 남자가 끼어들었다.

"어이, 기타마치 군. 갑자기 그런 식으로 말하면 누구라도 곤란하지. 무엇보다 자네가 그 방에 들어가면 이 친구, 여자애를 불러들일 수 없잖아."

"아니요, 이 친구 여친 없거든요."

"그렇게 세상모르는 이야기는 하지 말고 급한 대로 잠만 잘 거면 '산 사람'에게 소개해달라고 해. 그 주변에는 5, 6백 엔으로 하루 잘 수 있는 곳이 있다니까 말이야."

헤이와 섬의 노동자 가운데는 다른 하역회사에 소속된, 산의 간이숙소 쪽에서 오는 사람들이 있었다. 그다지 좋은 별명이랄 순 없지만, 그들을 가리켜 보통 '산 사람'이라고 했고, 그들 역시 스스로를 '산골내기' 등의 말로 칭했다.

괜히 남의 이야기에 참견을 하고 나선 그 오십대 남자 때문에 간타는 일단 말을 끊었다가 점심시간에 다시 그

말을 꺼내자 구사카베는 노골적으로 곤혹스러운 표정을
지었다.

"또 그 이야기냐. 그건 아까 간이숙소에 가는 것으로
정리되었잖아."

너무도 가볍게 받아넘겨버린다.

"어이, 너마저 나한테 그런 싸구려 숙소에 가라고 하는
거야? 그런 데 갈 순 없잖아. 간이숙소는 무슨 얼어죽을.
그거 나에 대한 모욕이란 거 몰라? 나, 아까 말이야, 그 늙
은이 한 대 쥐어박을까 했어. 그 나이에 아직도 이런 데
와서 어슬렁거리는 주제에, 쓰레기 같은 자식. 그놈 틀림
없이 중졸일 거야."

그렇게 욕을 해대고 운하를 향해 침을 뱉는 간타를
멀뚱히 바라보며 구사카베는 잔뜩 눈썹을 찌푸린 채 말
했다.

"그렇다고 해서 나한테 그런 부탁을 하면 정말 곤란해.
힘이 되어주지 못해 정말 미안해."

구사카베는 거듭 거절의 의지를 드러냈다.

그래서 간타도 더는 부탁하기 힘들다는 판단을 내리고

방법을 바꾸기로 했다.

"그럼 말이야, 미안하지만 돈 조금만 빌려주지 않을래. 물론 많이는 필요 없어."

"빌려달라고…… 어느 정도?"

"방을 빌리는 초기 비용만 있으면 돼. 보증금, 사례금, 수수료, 그리고 밀린 방세하고……."

"말도 안 돼. 나한테 그런 거금이 어디 있다고."

"하긴 큰돈이긴 하지…… 좀 부탁할 수 없을까."

"웃기지 마. 3, 40만이나 되는 그런 큰돈을 왜 내가 마련해야 하는 건데."

"엉? 무슨 소리야, 그 3, 40만이라니. 내가 부탁하는 건 4만…… 아니 5만 정도야."

"어! 5만 엔? 그걸로 무슨 방을 빌려?"

"빌릴 수 있고말고. 한 평 반짜리 방에 월세 1만 2천 엔 정도, 보증금, 밀린 방세, 거기에다 수수료까지 합해서 넉 달 치."

"……."

"왜 그런 묘한 표정을 지어?"

“너, 지금까지 얼마짜리 방에서 살았어?”

“1만 5천 엔. 그전에는 8천 엔, 9천 엔짜리 방에도 살았거든. 아직도 기를 쓰고 찾아다니면 한 평 반짜리 방도 꽤 있다니까. 이런 형편에 두 평 넘는 방은 바라지도 않아.”

“그렇게 싼 방이 있단 말이야?”

“그렇게 싸다니…… 그럼, 넌 얼마짜리에 살아? 교도라고 했었지. 그 부근에도 싸구려 방이 꽤 있는 걸로 아는데.”

“어쨌거나, 6만 엔인데.”

“뭐! 그럼 너 원룸 아파트에서 산단 말이야!”

“아파트라고 할까, 원룸은 원룸이지 뭐. 너무 좁아서 숨이 막히는 곳이긴 하지만.”

“그럼 아버지한테 방세가 밀렸다 하고 한 달 치만 좀 부쳐달라고 할 수 없을까. 그러면 정말 좋겠는데.”

“네 멋대로 남의 아버지한테 부탁하라는 둥 그런 말은 하지 마. 하지만 5만 엔 정도라면, 반드시 갚겠다는 약속만 한다면 한 번은 빌려줄 수 있어.”

“정말이야! 그럼 미안하지만 바로 부탁해. 내일 중으로

새 방을 찾아야 하니까. 그러지 못하면 나 정말로 간이숙소 같은 델 가야 하거든.”

“돌아가는 길에 은행에서 빼줄게. 그렇지만 반드시 갚아야 해. 나라고 돈이 남아돌아서 빌려주는 게 아니니까.”

“응.”

“반드시야.”

“응.”

“좋아. 믿기로 할게. 그렇지만 잠깐! 일부러 새 방을 빌릴 필요 없이 그 5만 엔을 지금 주인에게 주면 되잖아.”

“응. 그런 방법도 있긴 하지. 그렇지만 그게 도저히 안 될 것 같은 분위기라서 말이야. 어제 벌써 부동산에 방을 내놓은 것 같아. 쓸데없이 돈을 써야 하니까 아깝긴 하지만, 괜찮아. 이제 슬슬 물러날 때도 됐다고 생각하던 참이었으니까.”

싱긋 웃으면서도 그는 벌써 그 돈으로 어디서 어떻게 방을 찾을까 하는 생각을 하기 시작했다.

그래서 그날은 마침 정시에 일이 끝나 돌아가는 길에 하마마쓰초 부근에서 구사카베에게 돈을 받아든 간타는 그 발걸음으로 이타바시板橋로 향했는데, 거의 문을 닫은 듯한 역 앞의 부동산에 뛰어들자마자 가볍게 한 평 반짜리 2층 방을 딱 월 1만 엔에 빌렸다. 바로 계약서 작성에 들어갔고, 평소 일당을 받기 위해 가지고 다니던 도장을 꾹 눌러 초고속으로 일을 매듭지었다.

그는 다음 날 밤에 침구로 쓰는 타월과 라디오, 거기에 상하의를 담은 봉지 세 개를 들고 나서면서 밀린 방세를 앞으로 분할하여 갚아야 할 이다바시飯田橋의 숙소를 뒤로했는데(이것도 그 후 약간의 돈을 넣었을 뿐 대부분은 입을 닦아버렸고 사반세기가 지난 지금도 여전히 갚지 않았다), 그로서는 오랜 기간 머물렀던 장소였던지라 아주 조금은 섭섭한 기분이 들었다.

이타바시의 숙소는 조그만 모르타르 주택들이 늘어선 골목 안에 있어서 그런지 실내에 있으면 여태 경험해보지 못한 묘한 답답함이 느껴졌다. 역에서 멀고 주위에는 음식점도 없다.

그러나 구사카베가 거기서 하룻밤을 끼어 자는 일도 있었다.

방을 옮기고 닷새 정도 지났을 때 집으로 돌아가는 길에 구사카베와 소고기 덮밥을 먹다가, 그즈음은 서로 돈을 아끼려는 분위기여서 간타는 자신의 새 방으로 가 한잔하는 게 어떻겠느냐고 슬쩍 말을 던졌다.

한 되짜리 다카라슈조 병술과 과자 두 봉지, 그리고 술가게에서 하나에 10엔 하는 종이컵 두 개를 사들고 꾀죄죄한 다다미가 깔린 텅 빈 방에서 두 사람은 밤이 깊도록 이야기를 나누었다.

그러다 이야기가 미래의 일로 넘어가자 깡술에 취한 간타는 이때 처음으로 남에게 자신의 가정사에 대해 주절주절 떠들어댔다. 한때 추리작가가 되고자 했다는 고백도 했는데, 그런 주제에 습작 비슷한 것을 여태 한 줄도 써보지 않았다고 하자 구사카베는 쓴웃음을 지었다. 그러나 구사카베도 옛날에 추리소설가 다카기 아키미쓰의 책을 몇 권 읽은 적이 있어서 『내 고등학교 시절의 범죄』가 얼마나 멋진 작품인가에 대해 아주 초보적인 찬사의 말을 뜨겁게 토해냈다.

전철도 끊어지고 이전에 그렇게나 간타를 방에 들이기

를 거부했던 구사카베도 각오를 한 듯 열기 띤 다다미에
몸을 뉘었는데, 한 평 반짜리 공간에 다 큰 남자 둘이 같
이 몸을 비벼야 하는 터라 그리 상쾌한 기분은 아니었다.
다음 날 아침 두 사람은 누구도 먼저 입을 열려 하지 않고
묵묵히 하역회사로 향했다.

그렇게 고생해서 방을 얻은 간타이지만 이타바시에서
출근하려면 환승도 많고 교통비도 많이 든다는 것을 한
참 후에 깨달았다. 하지만 그런 약간의 부담을 느끼면서
도 하루도 빠짐없이 출근하는 참으로 이상한 일이 계속
되었다.

전동 지게차 운전 연습도 계속하여 꽤 숙달되었다는
사실을 확인한 하역회사는 두 사람에게 같이 기능면허를
따는 게 어떻겠느냐고 권했다. 명분상으로는 면허를 따지
않으면 그 기계에 관련된 작업을 할 수 없다고 한다.

그러나 그때 엄청난 사태가 벌어지고 말았다. 간타가
그런 권유를 받은 며칠 후 다카하시가 연습할 요량으로
점심시간에 1층 플랫폼에 있던 전동 지게차를 움직이다
가, 대관절 어찌된 상황인지 플랫폼 가장자리에서 이탈해

기계와 함께 1미터 50센티미터 정도 아래로 떨어지고 말았는데, 순간적으로 전동 지게차에서 뛰어내리려다가 차체와 지면 사이에 오른발이 끼어 큰 상처를 입는 사고가 나고 말았다. 점심시간이라서 발가락 부분에 딱딱한 쇠가 든 안전화를 벗고 샌들 같은 걸 신은 게 결정적인 실수였다.

다카하시는 바로 응급차에 실려 병원으로 향했는데, 그날 이후로 그의 모습은 찾을 수 없었다.

무려 오른쪽 발가락을 두 개나 절단했다고 한다. 앞으로 일상생활에 큰 지장이 있을 것이고 아마도 평생 목발을 짚고 살아야 할 테지만, 그는 일용노동자이기 때문에 산재의 혜택도 받지 못한다고 했다.

그 말을 듣고, 부인과 자식이 있는데 그놈 앞으로 어떻게 되느냐고, 간타도 암담한 심정이었다. 그러나 거기에 자신의 처지를 대입시켜보니 애당초 정규직 노동자가 될 마음이 없던 그였던지라 그 전동 지게차의 면허 따위는 딸 필요도 없다는 생각이 점점 더 강해졌다.

그러나 구사카베는 입으로는 무섭다 하고 한편으로는

다카하시에게 동정을 표하면서도 여전히 전동 지게차와 지게차 연습에 열중하였고, 다음 주 일요일에는 결국 면허취득을 포기해버린 간타를 내버려두고 다른 층의 창고 직원 후보와 요쓰야의 트럭협회에 가서 면허취득에 필요한 1차 필기시험을 보았다.

5

9월에 들어서도 학교는 아랑곳하지 않고 연일 일을 하면서 실기시험에도 합격한 구사카베는 면허를 취득한 덕분에 본격적인 냉동창고 '창고 수습직원'으로 승격되었다. 한편 간타는 취득을 포기했기 때문에 다시 야외에서 하는 선별 짐꾼 전문가의 자리로 되돌아갔다. 참으로 냉정한 일이지만 그렇게 되고 보니 사원식당에도 들어갈 수 없어 다시금 초라한 도시락 하나로 점심을 때우는 신세가 되었다.

구사카베는 전동 지게차 수당으로 하루에 1천 엔을 별도로 더 받고, 또한 확실한 정보인지는 모르겠지만 교통비도 지급받는다고도 했다. 그런 후한 대우를 지켜보며 간타는 왠지 후회 같은 게 솟구치는 걸 느꼈지만 어차피 기차는 떠나버린 뒤였다. 벌써 인부들 가운데서 그를 대신할 다음 후보가 창고로 올라갔다.

여전히 점심시간이나 돌아가는 길에 구사카베와 같이 움직이기는 하지만, 구사카베는 창고 직원이 되어 갑자기 거만해진 것도 아닌데 어딘지 모르게 간타에 대해 서먹서먹한 태도를 보이기 시작했다.

술을 같이 마시자고 해도 이전에는 무작정 따라오던 그가 요즘 들어 세 번에 한 번 정도밖에 승낙하지 않았다.

"뭐야 너. 요즘 묘하게 나를 멀리하는 것 같잖아. 더치페이니까 가끔은 같이 가. 토요일이니까 우리집에서 밤새도록 한잔해도 좋고. 이번에는 이쿠시마 지로에 대해 이야기를 나누지 않을래?"

"아냐, 됐어. 오늘은 선약이 있거든."

"흠, 선약이란 말이지. 그거야 아주 좋은 일이지만 말이야, 만일 그게 나를 피하기 위한 변명이라면, 그거 나에 대한 심한 모욕이니까 사과하는 뜻에서 오늘 밤 한잔 같이해."

"바보, 무슨 소릴 하는 거야. 정말로 약속이 있다니까. 오랜만에 학교 친구들과 한잔하기로 했어."

"학교라면, 지금 그 전문학교?"

"다른 학교 애도 오니까 나만 빠질 수 없어."

"……그거 혹시 미팅이란 거?"

"응, 그런 셈이지."

"그럼 여자도 오겠네."

"응."

"……."

"여대생도 온다고 하더라."

"거기, 나도 좀 끼어줄 수 없어?"

"그건 좀 곤란해. 원래 내가 주최해서 만든 자리도 아니고 인원도 정해진데다 가게도 벌써 사람 수대로 예약해두었다고 하니까."

"……."

간타는 부러움과 원망이 가득한 눈길로 구사카베를 올려다보았지만, 상대는 여전히 시원스런 표정으로 빙긋빙

굿 웃을 뿐이다.

그 웃음 띤 얼굴에 간타는 욱하고 말았다.

"뭐야, 그거. 자랑하는 거야? 여대생이니 뭐니 내가 묻지도 않은 말을 득의양양하게 해대고 말이야. 그거 중학교밖에 안 나온 나더러 열 받으라는 소리지?"

"바보, 네가 미팅이냐고 물으니까 그렇다고 대답하다가 자연스럽게 흘러나온 말이잖아."

"그러니까 머리도 나쁜 주제에 사고방식도 뒤틀렸다는 그런 말이잖아. 뭐, 머리가 나쁜 건 사실이지. 그러니까 이렇게 인부 생활이나 하는 거지. 그렇지만 너도 오십보백보야."

"난 그런 말 한 적 없어. 머리가 나쁜지는 알 수 없지만, 너 정말 다루기 힘든 놈이야."

"뭐!"

"화내지 마. 사실은 말이야, 나도 전문학교 학생이라 오늘 미팅에 대학생이 나온다는 말에 열등의식 느껴. 그렇지만 나에게도 나름의 인간관계라는 게 있으니까 넌 그 문제에 대해서는 신경 쓰지 말아줬음 좋겠어. 관계없는 일이라고 하면 좀 섭섭할지 모르겠지만, 실제로 너하고는 관계없는 일이잖아.”

“…….”

“그런 표정 짓지 마. 다음에 이런 기회가 또 있으면 너도 데리고 갈게.”

괜한 다툼에서 벗어나고 싶다는 듯 구사카베는 갑자기 소리를 낮췄지만, 그 말에 이어 떠올리는 능글맞은 웃음을 통해, 분명 간타와 거리를 두려는 그의 심리를 희미하게나마 읽을 수 있었다.

일이 그렇게 돌아가자 간타는 심한 외로움과 채워지지 않는 허전한 마음을 견디지 못해, 마침 자금이 모이기도 했으니까 며칠 후에 안마시술소나 대딸방에 같이 가자고 제안해보았지만 구사카베는 간발의 틈도 주지 않고 딱 잘라 거부했다.

“너한테는 딱히 말할 필요가 없을 것 같아 지금까지 입을 다물고 있었지만, 나, 사귀는 사람이 있어. 그애한테 미안한 생각이 들어 이제부터 그런 데는 안 갈 생각이야.”

의외의 말이었다.

아니, 의외라는 것은 어디까지나 간타에게 생각 밖의 일이었다는 의미일 뿐, 생각해보면 구사카베의 얼굴, 성격, 생활환경으로 볼 때 벌써 여친이 있어도 이상하지 않았다. 그러나 그런 말을 들었을 때 구사카베의 표정에서 어딘지 모르게 승자의 거만함이라고 할까 빈정거림 같은 것이 비쳐났다. 아무래도 구사카베의 그런 태도에는 간타가 이전에 여자에 대해 도가 튼 듯한 발언을 하기도 하고, 여자의 몸에 관해 대선배인 척 거드름을 피운 데 대한 대갚음의 의미도 내포된 것 같았다. 그렇다면 구사카베는 지금까지 단순히 밤문화에 익숙지 않은 것 같다는 간타의 말뜻을 제멋대로 잘못 해석하여, 내심 간타의 시덥잖은 오만을 경멸해온 게 분명했다.

그리고 이때 구사카베는 묘하게 밝은 표정을 지으며 간타에게 마지막 일격을 가했다.

"우리는 서로 학교와 아르바이트가 있어서 일요일에만 만나지만 오늘은 그녀도 아르바이트를 쉬니까 여유 있게 천천히 시간을 보내기로 했어. 그러니까 대딸방은 내 몫까지 너 혼자서 실컷 즐기도록 해."

그 구사카베의 말투에 당연히 간타는 머리 꼭대기까지 피가 솟구쳐올랐지만, 천성이 뒤틀린 프라이드로 똘똘 뭉친 그인지라 이 건에 대해 특별히 비딱한 태도를 보이다가는 이놈의 자존심을 살살 긁어주는 어리석은 행동이될 따름이라 생각하여 짐짓 아무렇지도 않다는 태도를보였다.

"아, 그랬어. 말을 안 하니 내가 알 수가 있나. 그럼 너야말로 오늘 밤 여친이랑 오래오래 즐기도록 해."

방긋 웃으며 말해주고 구사카베와 헤어져서 이타바시로 돌아와 목욕탕을 다녀온 다음, 본게임까지 가능한 이케부쿠로의 단골가게로 향했다. 그러나 한밤중에 한 평반짜리 다다미방으로 돌아와 타월 위에 몸을 뉘인 간타는 가슴속에서 솟구쳐오르는 뭔지 모를 차갑고 아릿한기운에 몸을 바르르 떨었다.

지금쯤 구사카베는 여친과 짙은 행위에 들어갔으리라, 그런 생각을 하니 부러워서 미칠 지경이었다.

오랜만에 만났으니 그야말로 본능이 원하는 대로, 욕

정이 일어나는 대로 거의 짐승처럼 뜨겁고 격렬한 섹스를 할 테고, 게다가 상대는 아마추어 생초보 여대생이다.

적당히 익어 가장 먹기 좋을 만큼 물이 올랐을 여자의 몸을 지금쯤 그놈은 강철처럼 단단해진 막대기로 마음껏 희롱하지 않을까.

그런데 나는 몸도 마음도 걸레처럼 너덜너덜한 삼십대 뚱뚱 할망구에게 1만 8천 엔이라는 거금을 지불하고 '아파, 손가락 넣지 마'라는 따위의 시건방진 말을 들으면서 허무하게 방사를 한 다음 이렇게 축 늘어져버린 처량한 꼬락서니다.

"이건 말도 안 돼."

혼잣말을 내뱉은 간타는 문득 조금 전 그 뚱통의 입에서 나던 썩은 고기만두 냄새를 떠올리고는 부르르 몸서리를 쳤다.

"시파. 촌뜨기 전문학교생 주제에 무슨 청춘을 노래하고 지랄이야. 지가 언제부터 그랬다고 한창 물오른 암컷 속에 마음껏, 그것도 공짜로 집어넣고 그러냔 말이야."

간타의 입에서 저주의 말이 터져 나오고, 그와 함께 방금 전에 똥통의 사타구니에 때 묻은 천 조각처럼 너덜하게 툭 튀어나왔던 시커먼 그것을 떠올리고는 격한 자기 혐오에 빠져들었다.

그리고 간타는 지난해 고작 두 달 정도 사귀었을 뿐인, 그가 아는 유일한 아마추어였던 구마이 스미요를 문득 떠올렸다.

스미요는 그와 같은 열일곱 살로 고등학교 2학년이었는데, 딱딱한 감자를 연상케 하는 얼굴에 엉덩이가 펑퍼짐하고 다리가 무처럼 굵직한데다 땀을 많이 흘리는 아가씨였다.

간타는 앞으로 제 이상형에 좀더 가까운 귀여운 타입의 여자와 만날 때까지 급한 대로 적당히 만나고 치울 상대라 여겼고, 몇 번 살을 맞댈 때도 단순한 '연습침대'라 생각하며 나름의 방식으로 여체를 탐구하였는데, 아, 이게 무슨 일인가, 여기저기 불결하기 짝이 없는 몸에 냉이 많은 것은 어쩔 수 없다 해도, 사타구니에서 어렴풋이 똥냄새를 풍기는 데는 아무리 굶주린 그라지만 기겁을 하지 않을 수 없었고, 모처럼 혀 기술을 연마할 기회였지만 그 요령을 얻기도 전에 너무도 불쾌한 냄새에 기가 질려 단념하고 마는 참으로 처량한 꼬락서니였다.

그러나 지금은 그런 맛대가리 없는 스미요조차도 간타에게는 저 먼 하늘가에 핀 고귀한 꽃 같은 존재로 느껴졌다.

그때 스미요는 금세 다른 남자가 생겨 간타를 시원스레 차버렸는데, 그 또한 애당초 그런 썩은 호박 폭탄에게 진심으로 반한 것도 아니어서 차인들 원한 따위 가질 리 없었으니, 세상의 모든 모욕적인 말을 한껏 퍼부어주고는 손을 흔들고 말았다. 물론 앞으로도 만날 기회 따위 없겠지만, 그러나 지금 그런 스미요라도 눈앞에 있었더라면 벼락치기로나마 애정의 몸짓으로 꼭 끌어안아서 분비물이 묻었건 설사똥이 묻었건(아니, 설사똥은 아무래도 좀) 그딴 거 상관없이 안마시술소에서 연마한 혀 기술을 마음껏 발휘하며 사랑해주었을 것이다.

성질 급하면 손해라는 말들을 하는데, 헤어질 때 그런 욕만 하지 않았더라도 혹시 지금이라도 어떻게 연락이 닿으면, 정조관념이라고는 거의 없는 아가씨인 만큼 남친이 있건 남편이 있건 살짝 아랫도리를 빌려줄 가능성은 충분히 있다. 그런 생각을 하니 간타는 자신의 경솔함과 조급한 성격이 너무나도 아쉬웠다.

그러나 그런 쓸데없는 생각을 한들 아무 소용 없다. 이렇게 된 이상 구사카베의 여친이 저 스미요와 같은 수준이든가 또는 그 이상으로 폭탄이기를 기원하며 또한 반드시 그럴 것이라고 애써 단정하며 스스로를 위로하는 것 말고는 방법이 없었다. 또한 거기에다 1년 내내 배탈이 나서 설사만 해대고 배꼽에 악취를 풍기는 때가 꽉 찬 성병을 가진 찌질한 여자의 이미지까지 멋대로 덮어씌운 다음, 그런 여자를 애인이라며 기고만장해하는 구사카베—그런 그림을 억지로 그리며 어떻게든 울분을 삼키려 해보지만, 그런 망상에는 역시 금방 허망함이 깃들게 마련이다. 구사카베와 사랑을 나누는 상대라면 아무래도 보통 이상의 미모를 가진 상당한 수준의 여자임은 분명할 것이다.

그때 문득 간타는 구사카베 애인의 여자친구들 가운데 현재 남자가 없고 또 남자를 갈구하는 아가씨가 있을지도 모른다는 생각을 했다(맞아, 구사카베에게 부탁해서 그 여친의 친구를 소개받는 거야. 이렇게 손가락만 빨면서 남의 행복을 시기하고 질투한들 아무 소용없잖아. 나도 그놈과 마찬가지로 피 끓는 열아홉이니까).

그 순간, 너무 멋진 생각이라는 자각과 함께 조금 전의 어둡고 꽉 막혔던 마음에 갑자기 향기로운 햇살이 비쳐 드는 느낌에 사로잡혔다.

왜 빨리 이런 생각을 하지 못했을까, 간타는 자신의 조급함과 어리석음에 혀를 차면서 갑자기 앞날의 희망을 본 듯 다시금 마음을 다잡는 것이었다. 그래서 마음가짐을 새로이 한 만큼, 포르노 잡지를 집어들고는 언젠가 라디오에서 들은 것처럼 구사카베와 그 여친과 셋이서 섹스를 하는 몹시도 향기로운 전개를 머릿속에 그리며 그날의 마지막 정리 삼아 발사작업에 몰두하기 시작했다.

그리고 다음 날 아침, 하역회사로 향하는 전철 안에서 간타는, 이거 단순히 구사카베를 통해 부탁했다가는 놈이 흘려들어버리거나 말만 듣고 입을 닦아버릴지도 모른다는 생각에, 그렇다면 직접 구사카베의 애인을 만나서 자신의 됨됨이를 보여주고 그런 다음에 탄원하는 것이 상대에게 실천적 의지를 불러일으키기에 좋을 것이라는 결론을 내리고, 그 방법에 대해 요리조리 머리를 굴렸다.

그렇다고 해서 정면으로 부딪혀, 구사카베에게 셋이서 한잔하자고 제안하면, 아무리 그 자식이 띵하다고는 해도 당연히 어느 정도는 경계할 테고, 또한 그 애인도 시골에서 상경한 사람이라면 서로에게 완전히 녹아들지 않았을 가능성이 있으므로 구사카베도 그런 것을 상대에게 부탁하기 어려울지 모르고, 만일 한다 해도 여자 쪽에서 거부할 확률이 아주 높다.

더 자연스럽게 더 산뜻하게 그 여친도 동석하게 할 뭔가 좋은 방법은 없는지 고뇌하다가 결국 퍼뜩 떠올린 것이 야구 관람이었다.

구사카베가 야구를 좋아한다는 것은 처음 만났을 때 들어서 알고 있는데다 실제로 그놈은 매일 아침 버스 안에서 스포츠신문 가운데서도 야구 면만 열심히 본다. 센트럴리그에서는 한신, 퍼시픽리그에서는 긴테쓰의 팬이라고 했는데, 양대 리그에 좋아하는 구단이 있다는 것은 아마도 프로야구 자체를 즐긴다는 말이리라.

물론 거절해버린다면 다른 수단을 생각해야겠지만 일단 첫 번째 방책으로 그것을 시도해보기로 했다. 적어도 무턱대고 셋이서 술을 마시자고 하는 것보다는 상대가 응해줄 가능성이 높다.

그래서 점심시간에 그런 제안을 하자 구사카베는 잠깐 생각하는 듯하다가 의외로 산뜻하게 받아들이는 것이었다.

"흠, 너 정말 스포츠맨다운 데가 있어. 그런 면이 아주 좋아."

"그녀도 야구를 좋아하니까 기쁘게 응해줄 것 같아. 그녀도 한신 팬이라서 나중에 같이 야구를 보러 가자고 했었는데…… 하긴, 그전에 한번 너한테 고라쿠엔 구장 안내를 부탁하는 것도 나쁘진 않을 것 같아."

"그럼, 나한테 맡겨. 나도 말이야 하리모토 이사오(장훈)가 활약할 때부터 니혼햄의 팬이니까. 초등학생 때부터 매년 팬클럽에 가입해서 그 특전으로 외야석이라면 1년 내내 프리패스라, 가끔 혼자서 고라쿠엔 구장에 가기도 했어. 그때는 선수도 전철을 타고 다녔는데 말이야, 나,

간노를 따라가서 모자에 사인을 받고 이야기도 제법 나눈 적이 있어. 너, 간노라고 알아? 등번호 1번이고 수비전문 선수인데, 그 당시 스물네다섯이나 되었을까, 정말 상냥하고 좋은 사람이었는데.”

“어느 팀하고 붙어?”

“엉? 아…… 그게 어디였더라? 아마도 니혼햄하고 어디일 거야. 낮 게임은 아니었던 것 같고.”

퍼뜩 떠오르는 대로 내뱉은 말이라 자세히 알 리 없다. 혹시 다음 일요일에 고라쿠엔에서는 시합이 없을지도 모른다. 나중에 스포츠신문으로 일정을 확인해보니 다행히도 그날 나이트게임으로 롯데 전이 짜여 있었다.

그래서 당일 저녁 5시 반에 스이도바시 역에서 만나기로 했다. 기대로 가슴이 부풀어오른 간타 앞에 이윽고 구사카베와 그녀가 나타났다. 간타는 살짝 몸을 숨기듯 구사카베의 뒤에 선 그녀를 보고는 혼자만의 기대로 가슴이 뿌듯해졌다.

구사카베의 애인은 간타가 그렸던 그런 엄청난 이미지는 아니었으나, 그래도 평범한 범주에서 아래로 뚝 떨어지는 얼굴인 것만은 분명했다.

화장기라고는 없이 살짝 갈색으로 물들인 머리칼하며 일견 청순한 스타일에 어깨까지 닿는 긴 생머리까지는 좋았지만, 그것이 너무 가늘고 숱이 적어서 청초하다기보다는 구슬픈 유령을 보는 느낌이었다. 눈썹을 가지런히 다듬었고 피어싱도 하긴 했으나 옛날 폐병 환자를 연상시키는 엄청 창백한 안색과 도무지 어울리지 않았고, 무늬도 없는 흰 여름 원피스 차림도 처음 만나는 사람에게 남길 인상을 약삭빠르게 계산한 듯한 분위기를 풍겨서, 언뜻 보기에 아주 얌전한 그 모습 속에서 왠지 학력과 교양 지상주의적인 가정에서 자란 사람 특유의 아집으로 똘똘 뭉친 시커먼 속내가 역력히 드러나는, 다시 말해 모든 의미에서 매력이라고는 찾아보기 힘든 머리통만 발달한 타입의 여자였다.

그래서 간타는 머릿속으로 채점을 했다(아무리 좋게 봐줘도 고작 15점이야, 이건).

그 우자와 미나코라는 여자를 거느리고 간타는 길 건너편 구장을 향하여 앞서 걸어가다가 때로 산책중인 개처럼 뒤를 힐끗힐끗 돌아보니, 구사카베는 그런 15점짜리 여자에게 아주 행복한 표정으로 뭐라고 열심히 말을 건네고 있었다.

그리고 거의 외야석이나 다름없는 6백 엔짜리 내야 자유석 당일권 세 장을 간타는 큰맘 먹고 구사카베 커플 것까지 사서 세 사람이 나란히 야구 경기를 관전하게 되었는데, 물론 그의 눈에 야구가 보일 리 없었다. 시합의 전개 따위는 아무래도 좋았다.

일단 술기운이 올랐다 하면 처음 보는 상대에게도 상당히 말이 많아지는 성격이었으니, 어떻게든 미나코와 말을 트고 싶어 옆을 지나는 판매원 아가씨를 불러세워 맥주를 사서 마셨고, 그랬더니 이번에는 배도 고픈 것 같아 컵라면을 사서 구사카베와 미나코에게 하나씩 건네주었으나, 그것을 받아들며 흘리는 묘한 웃음이 어쩐지 호의적이지 않은 듯하여 간타는 살짝 불안했다.

9시가 다 되어 아직 시합이 끝나지 않았지만 구장을 빠져나와 역 부근의 선술집에 자리를 잡기에 이르자, 미나코도 자신에 대해 말을 늘어놓기 시작했다.

그녀는 산인지방 출신으로 게이오인지 어딘지 하는 대학에 다니며 이번 5월에 구사카베를 알게 되었다고 했다.

"이 친구는 여러 가지 것들에 호기심이 많은 사람이야. 영화나 연극에도 아주 밝고 그쪽 방면으로 다양하게 연구도 해."

마치 자기 일을 말하듯이 자랑스럽게 떠들어대는 구사카베에게 간타는 일단 장단을 맞추었다.

"와우, 정말 대단한 분이네. 그럼 앞으로 배우가 되려는 거야?"

그런 엉뚱한 말을 하자 미나코는 또 묘한 미소를 머금으며 대답했다.

"매스컴 쪽에 취직할 생각이야. 이제 막 대학에 들어갔으니까 앞으로 어떻게 바뀔지 잘 모르겠지만……."

"매스컴이라면 텔레비전 방송국?"

"그리고 신문사나 출판사 같은 데. 큰 출판사에 들어가면 복리후생 제도가 아주 잘 되어 있다고 해서."

그때 복리후생이 무슨 뜻인지를 몰랐던 간타가 무작정 고개만 끄덕이는데, 구사카베는 어쩐지 진심으로 미나코를 존경하는 듯 맞장구를 치고 나왔다.

"이 친구는 벌써 여러 이벤트에 나가서 활약하는 중이야. 곧 시작되는 축제 때도 ○○ 씨의 토크쇼에서 사회를 맡았다고 해."

마구마구 새로운 정보를 쏟아놓는다.

"아, 그건 사회가 아니라 그냥 말만 들어주는 진행 담당이야."

"그래도 신입생이 그런 큰 역할을 맡는다는 것 자체가 대단하지 않아?"

"아냐, 대단할 건 하나도 없어. ○○ 씨의 평론을 많이 읽었다는 이유로 주최 측에서 억지로 밀어붙여서 어쩔 수 없이 하는 거야."

"그거 정말 좋은 일이잖아. 연줄을 만드는 일이기도 하고 말이야. 매스컴 쪽으로 가려면 그런 경험이 나중에 큰 이점이 될 테니까. ○○ 씨에게 호감을 주고 그 브레인들과도 친분을 쌓고 점점 자신의 얼굴을 알리는 게 좋을 거야."

"응, 그건 그래. 그렇지만 나, 말솜씨가 없어서. 사람 앞에서 말하는 거, 정말 잘 못해."

"그렇지만 미나코는 자기 페이스로 여유를 가지고 말을 하니까 발음도 좋고 상대도 잘 알아들을 수 있어서 진행 역으로는 최적임자일 거야."

"아냐, 그렇지 않아."

"정말이라니까. 나, 미나코한테 마음에도 없는 말 여태껏 단 한 번도 한 적 없어."

"아…… 고마워."

"그래서 나도 이제 다시 제대로 학교에 나가면서 사람들과 폭넓게 만나야 할 것 같아. 그런 사람들 가운데는 미나코와 보조를 맞춰서 정말 재미있는 일을 할 수 있는 애도 있을지 모르니까."

"응, 쇼짱네 학교라면 그런 사람을 만날 기회가 반드시 있을 거야."

"그렇지! 지난번에 시모키타의 ××극장 스태프와 같이 마셨는데, 다음번에 소개해줄게. 정말 연극을 좋아한다는 느낌을 주는 진솔한 사람이었어."

"와, 소개해줘!"

"응, 정말 서글서글한 느낌이라서 대화하기 좋지 않을

까 싶어."

"정말? 그 사람, 나이는 어느 정도?"

"서른이 아직 안 된 것 같았지만 정말 열정적인 사람이었어. 그쪽에서도 자주 이벤트 같은 걸 하니까 언제 한 번 도와주러 가는 게 좋지 않을까."

"와아, 가고 싶어. 그런 일 있으면 꼭 해보고 싶어."

"△△편집자하고도 사이가 좋다고 하던데. 그거 뉴아카데미즘 계열이잖아. 요즘 꽤 지명도가 높은 잡지고."

구사카베는 동갑내기 미나코에게 무슨 후견인이라도 되는 듯한 어투로 이런저런 권고를 늘어놓았고, 어느새 그 두 사람의 대화에서 배제되어버린 또 한 명의 동갑내기 간타는 레몬사워를 찔끔찔끔 마시며 오로지 무료할 뿐이었다. 간타는 눈앞의 미나코가 자신의 화려한 학교생활을 무슨 훈장처럼 매달고 자신보다 지적 수준이 떨어지고 촌스러운 간타를 무의식적으로 명백히 무시하며 바보 취급한다고 생각했다. 그렇게 하여 새삼 자신의 생활이 얼마나 충실한지 즐거운 마음으로 재확인하려 한다고 생각했다.

그래서 자신이 말할 차례가 왔을 때 간타가 그런 미나코의 경멸 따위는 애당초 마음에도 두지 않는 대인의 풍모를 보일 양으로 점차 올라오는 취기를 좇아 큰 소리로 떠들면서 레몬사워를 혼자 잔술로 바꿔 벌컥벌컥 들이켜고 필요 이상으로 자신에 대해 떠벌리자, 구사카베와 미나코는 점점 말수가 줄어들더니 머쓱해하는 표정을 짓기 시작했다.

그러는 사이에 술이 간타의 열등감에 불을 지핀 듯 점점 그의 태도와 말이 묘한 방향으로 뒤틀리더니 마침내 본성을 드러내고 말았다. 구사카베에게 욕설에 가까운 거친 말을 마구 뱉어내다가 미나코가 가미키타자와 부근의 원룸에서 산다는 말을 듣고는, "역시, 촌놈은 무작정 세타가야에 살고 싶어 한단 말이야. 너들 같은 촌뜨기는 도쿄에 오기만 하면 스기나미 아니면 세타가야에 사는 습성 같은 게 있는 모양인데, 도대체 왜 그래? 너들 주변이 도회지 생활의 표준이라고 생각하는 거야? 아니면 그것이 너들이 좋아하는 촌스런 뉴아카데미즘, 서브컬처의 특징이라는 거야? 그런 사고방식이 바로 너들이 촌놈이라는 증거라는 걸 몰라? 그러면 그게 무슨 새로운 짓거리라도 된다고 생각하는 거야? 시모키타? 웃기고 있네. 그러니까 나 같은 순수 도쿄 도련님은 절대로 그 주변에 살지 않는단 말이야" 따위의 말로 핀잔을 주고, 구사카베가 살짝 미간을 찌푸리며 거북한 말을 일부러 못 들은 척하는 것을 봐넘기지 못하고 가게 안의 모든 사람이 들을 만큼 큰 소리로 외치며 도발했다.

"뭐야, 너! 지난번은 나한테 영화 같은 거 싫다고 지껄이더니 이제 와서 무지 잘 안다는 식으로 폼을 잡아? 여자 앞이라고 고상한 척하지 마! 내가 말하는 영화하고 네놈들이 말하는 영화가 다르다고 말하고 싶은 거야? 연줄만 찾는 비겁한 놈. 뭐, 토크쇼? 멍청이 대학생 노동자 주제에."

그리고 구사카베 말투를 흉내 내 미나짱, 하고 간드러진 목소리로 부르더니, "이놈을 일주일에 한 번밖에 못 보니까, 역시 그런 거야? 오로지 마스터베이션? 마스터베이션, 그런가? 어디 한 번 말해봐"라는 천박한 말까지 내뱉기에 이르렀고, 마침내 두 사람도 서둘러 일어날 준비를 하기 시작했다.

간타는 눈앞의 두 사람이 나누는 대화 따위를 통해서 구사카베와 미나코가 자신과는 완전히 다른 인종이라는 사실을 또렷이 자각했다. 이 두 사람은 제대로 된 부모와 가정환경에서 보통으로 성장하여 보통으로 학교생활을 하고 지식과 교양을 익혔고, 보통의 청춘을 살고, 앞으로도 보통으로 살아가며 보통의 만남을 반복할 것이다. 그리고 본인의 노력과 주어진 환경을 잘 살려서 남 못지않은 생활을 할 자격과 힘을 갖추었다. 그들에게 바퀴벌레나 다름없는 자신이 그런 부탁을 한다 한들 들은 척도 안 하리란 것 정도는 안다.

그래도 간타는 끌려나가듯 가게 밖으로 나온 다음에 신경계통에 무슨 병이라도 있는 사람처럼 미나코에게 여자친구들을 소개해달라고 말했다. 거듭, 몇 번이고 집요하게 애원했다. 그러다 마지막에는 잰걸음으로 나아가는 그녀의 팔을 낚아채듯 하면서 꾸벅꾸벅 머리를 조아렸지만, 그것은 거의 자포자기에 가까운 마음에서 나온 꼴같지도 않은 자조에 지나지 않았다.

6

이때의 추태에 넌더리가 났는지 구사카베는 그 이후 간타와 술자리를 같이하려 하지 않았다.

오가는 버스 안에서 여전히 잡담을 나누기는 하지만 예전처럼 안벽에서 점심시간을 같이하는 경우는 없었다. 구사카베는 사원식당에서 밥을 먹은 다음 창고 위층 작업장 한구석에서 잠을 자는 듯했다. 그러나 그 공간은 벌써 한 단계 아래로 추락해버린 간타가 친구를 만나고 싶다고 해서 아무 거리낌 없이 발을 들이밀 수 있는 곳이 아니었다.

그리고 이처럼 만남이 뜸해지고 그것이 의도적으로 무

시당한 결과라는 느낌을 받기에 이르자 간타는 점점 구사카베에게 혐오감을 가지게 되었다.

간타가 술에 취해 거칠고 험한 말을 내뱉은 것도, 설령 본인들에게 그런 나쁜 의도가 없었다 하더라도, 역시 구사카베와 미나코가 상대를 배려하지 않은 채 자신들만의 대화를 나눈 게 원인이었음이 분명하다. 인텔리란 자신보다 학력이 떨어지는 사람을 모든 면에서 열등한 하등인간이라고 착각하는 경향이 있다. 그리고 그런 사람들 앞에서는 자신들이 실수를 한다는 것 자체가 결코 있을 수 없는 일이라는 사고방식을 가지니 참으로 어처구니가 없다. 영리한 멍청이들이라고나 할까.

간타의 눈에는 구사카베도, 미나코도 어김없이 그런 종류의 과대망상증 동물로 비쳤고, 그런 그들에 대한 혐오감은 그의 내부에서 서서히 폭력충동을 동반한 증오로 변해갔다.

그러나 뿌리가 지극히 물러터진 간타이고 보니 오랜만에 만난 친구 구사카베에 대한 친밀감도 아직 많이 남아서 구사카베의 멱살을 잡고 바로 끝장을 보자는 식으로 폭력을 휘두르는 것도 좀 설렁하고 멋쩍은 일이라 생각했다. 그렇지만 울분이 쌓일 대로 쌓인 마음에 혼자 안달복달하는 것도 냉정하게 생각해보니 정말 바보스러웠다.

그래서 간타는 구사카베에 대한 자신의 태도를 결정하기 위해 저녁에 버스를 타면서 이렇게 말했다.

"어이, 조만간 미나짱하고 다시 셋이서 마시지 않을래. 이번에는 진구 구장에서 야쿠르트 전이라도 보고 시부야 부근에서 한잔 어때?"

그런 갑작스러운 제안에 구사카베는 명백히 혐오감이 깃든 쓴웃음만 지을 뿐 이렇다 할 대답도 하지 않고 만화 잡지를 펼쳤는데, 바로 그 순간 간타의 마음도 거의 결정이 났다.

하마마쓰초에서 내릴 때까지 간타는 구사카베에게 한마디도 하지 않았고, 서로 친해진 이후 처음으로 각기 다른 길로 돌아갔다.

그날 밤, 그는 이타바시의 한 평 반짜리 방에서 한잔을 그득하게 들이켜고 하루 일과에 속하는 자위행위에서 미나코를 써먹기로 했다.

장소는 가본 적도 없는 구사카베의 방.

구사카베를 실컷 두들겨 패서 꽁꽁 묶어놓은 다음, 그 앞에서 고학력을 훈장처럼 걸고 서클 활동에서도 떠받들어지는 스스로를 천부적인 재능을 지닌 인간이라 착각하는 오만의 결정체 같은 그 여자, 젊은지 늙었는지 모호하고 안색이 창백한 폭탄을 느긋하게 범하는 그림을 그리면서 간타는 아득한 황홀경으로 치달린다.

이윽고 미나코의 울부짖음에 가까운 비명이 달콤한 흐느낌으로 변해갈 때, 간타는 갑자기 그 폭탄의 머리칼을 움켜쥐고 얼굴에 시퍼런 가래를 뱉어주고 고개만 푹 숙인 구사카베에게 힐끗 눈길을 던진 다음, 다시 천천히 허리를 움직이기 시작한다.

몇 번이고 계속해서 범한다.

그러나 현실의 간타는 두 번의 사정을 끝내자 갑자기 귀신이 떨어져나가기라도 한 듯 축 늘어져버렸고, 그와 동시에 엄청난 공포에 사로잡히고 말았다.

자신의 몸과 마음에 성범죄자의 유전자가 깃든 피가 흐른다는 사실을 새삼 인식하자 전율 속에서 그냥 뻣뻣하게 굳어버렸다.

구사카베는 그 이후에도 간타에게 적당한 거리를 두는 분위기를 내비쳤고 얼굴을 마주쳐도 간단히 인사를 건네는 정도의 사이로 자연스럽게 변해갔다. 그렇게 되고 보니 간타는 점차 성실하게 살자던 초심을 잊고 원래의 게으름을 되살려 어느 날 한 번 쉰 이후로는 마치 봇물이라도 터진 듯 나가다 안 나가다를 반복하는 생활로 돌아가고 말았다.

한편 구사카베도 갑자기 얼굴을 드러내지 않는 날이 많아지면서 창고 직원들의 불만을 사기에 이르렀다.

그러던 어느 날 점심시간에 예의 그 안벽에 앉아 예의 그 도시락을 먹고 있는 간타 앞에 신기하게도 불쑥 구사카베가 나타났다.

"어이."

어딘지 모르게 어색한 기분을 숨기고 싶은 듯 괜히 거만한 어투로 간타에게 말을 걸더니 그 옆에 앉았다.

그 태도에 간타는 살짝 당황하고 말았다.

“어이, 오랜만이네. 어쩐 일이야.”

툭 그렇게 말을 던지자 구사카베는 묘한 미소를 머금고 말했다.

“별것 아냐. 나, 이번 주를 끝으로 여기를 그만둘 생각이야.”

작업복 호주머니에서 담배를 꺼내며 그렇게 말했다.

“어, 왜?”

“이제 슬슬 학교에 충실해야 할 것 같아서.”

“오래 하려고 창고 직원이 된 것 아냐? 그러면 창고 사람들도 곤란할 텐데.”

“그건 어쩔 수 없지 뭐. 나도 처음에는 여름방학 동안만 하려다가 그만 길어지고 말았으니까. 언제까지고 이런 데 있을 수는 없잖아.”

“그렇지만 지게차 면허 딴 지 얼마 되지 않았잖아.”

“딱히 그런 건 상관없어. 그만두고 안 두고는 내 자유니까.”

“응, 뭐, 그렇긴 하지……”

“지금 딸 수 있는 거면 그냥 따두는 거지, 뭐. 이력서 자격란에 채울 것도 늘어나고, 거기다 공짜였으니까. 지게 차 운전이 이번 아르바이트에서 얻은 유일한 수확이야."

"……."

아주 편안한 표정으로 느긋하게 담배를 피우는 구사카베를 힐끗 보고 간타는 더는 할 말이 떠오르지 않았다.

그러자 구사카베도 간타 쪽을 바라보았다.

"그래서 네게 말을 해두어야겠다고 생각했어."

"그렇다면 회사 사람한테는 아직 말을 안 했다는 거네."

"응."

"왜?"

"그딴 거, 지금 말하면 그 순간부터 어색해질 테고, 또 붙잡고 늘어지면 귀찮으니까. 이번 주 토요일을 마지막으로 너처럼 무단결근을 할 거야, 그 길로 영원히."

"흠, 그렇단 말이지. 그렇지만 내가 하는 무단결근보다 너의 결근이 더 교활한 거야."

"어쩔 수 없지 뭐. 토요일까지는 나도 돈을 좀 벌어야 하니까. 너랑 마시고 노는 바람에 생각만큼 돈이 모이지 않았거든."

"응……."

"그래서 너한테 빌려준 돈, 토요일까지 돌려주었음 좋겠어."

"방 빌릴 때 5만? 그거, 분할해서 갚아도 된다고 했잖아."

"그럼, 분할로 해도 좋아. 그다음에도 너한테 1만 엔씩 빌려줬잖아? 그건 바로 갚아줘."

"……아, 그러고 보니 그것도 있네. 알았어, 어떻게든 마련해볼게."

"5만도 연말까지는 반드시 갚도록 해. 나중에 내 은행 계좌 가르쳐줄 테니까."

간타가 고개를 끄덕이자 구사카베는 어투를 바꾸었다.

"여러 가지로 즐거웠어. 토요일까지는 밤에 모두 약속이 있어서 마지막으로 한잔할 수도 없을 것 같아 일단 지금 인사를 해두는 거야."

아주 단단하게 방어선을 구축한 다음, 기분이 좋은 건지 나쁜 건지 도무지 알 수 없는 묘한 인사말을 늘어놓았다.

“애인이랑 데이트? 지난번에 두 사람한테 피해를 줘서 미안해. 사이좋게 잘 지내도록 해.”

간타도 어쩔 수 없이 쓴웃음을 지으며 호인처럼 그런 말을 하니, 표면적으로는 아주 상큼한 석별의 장면이 그려졌지만, 그러나 내심 구사카베라는 사내의 교활함이라고 할까, 학생 특유의 어딘지 모르게 젠체하는, 모든 의미에서 모라토리엄 기질 같은 것이 불쾌해서 참기 힘들었다.

확실하게 절연을 선언하지 않고 이렇게 지극히 애매모호한 태도로 마지막을 장식하는 구사카베라는 남자도 그 뿌리는 몹시 나약하고 선량한, 나름으로 벌써 어른의 태도를 몸에 익힌 지극히 상식적인 사람임이 분명하다. 아무리 간타의 눈에 그런 태도가 미숙하고 불쾌하게 보인다 해도, 세상은 그보다 구사카베를 올바른 인생 루트를 밟는 사람이라고 무조건적으로 신용한다. 그리고 오히려 간타야말로 더 심각한 모라토리엄에다 응석받이라고나 할까, 아니 더 분명히 말하자면 제대로 생활을 꾸릴 수 없는 그렇고 그런 인생낙오자에 지나지 않는다.

간단히 말해 구사카베는 평범한 환경에서 살아가는 평
범한 인간이다.

구사카베도, 미나코도 결국 간타와는 근본적인 면에서
인종이 다르다.

그들은 타자에게 둘러싸여 보편적인 인생의 정석 코스
를 거침없이 걸어가고, 자신은 이대로 일용노동자 생활을
계속할 수밖에 없다. 아무리 싫다 해도 어쩔 수 없는 노릇
이다. 모든 것이 자업자득이니까. 지금은 오로지 일당 5천
5백 엔으로 어떻게 하루하루를 살아갈까 고뇌하는 것 말
고는 덧없는 목숨을 연명할 방법이 없다.

그러나 생활이라고 할 수도 없는 이렇게 느슨한 삶을
언제까지 계속해야 하는 것일까. 이렇게 되는 대로 흘러
가는 계획도 목적도 희망도 없는 삶의 행태가 언제까지
통할 수 있을까.

그런 생각을 하니, 그는 자신의 미래에 대한 커다란 불
안에 휩싸이지 않을 수 없었다.

게다가 끌어안고만 있어도 번거롭기 그지없는 무지막
지한 열등의식에서 오는 비열한 시기와 질투 때문에 너

덜너덜해진 자아로 인생의 종착점까지 달려갈 생각을 하니, 간타는 이 세상이 숨이 턱 막힐 만큼 무미건조한 고역과도 같다는 느낌이 들었다.

그런 부질없는 일을 멍하니 생각하다가 울적한 기분에 젖어버린 간타는 그날의 잔업을 거부하고 정시에 혼자 이타바시로 돌아와 근처의 술집에서 잔술을 위 속으로 부어넣었다.

그것으로 일당을 모두 써버리고 말았으니 다음 날 또 어쩔 수 없이 일을 나가지 않을 수 없었는데, 그것이 큰 실수였다.

그날 창고 직원의 보조역을 맡았던 사람이 결근하는 바람에 출고할 물건의 가짓수가 많기도 해서, 단기간이었지만 조금이나마 창고 일을 도와본 경험이 있는 간타가 급히 불려갔다. 그러나 앞뒤로 꽉 막혀버린 마음에다 전날의 술기운도 남았던 그는 애당초 햇살을 받으며 마음껏 땀을 흘려 독기를 모두 빼낼 생각을 했던지라 갑자기 영하 30도나 되는 창고에서 일을 하라는 것 자체가 짜증스러웠다. 거기다 인간됨이 애당초 무뚝뚝하고 무조건적인 불만에 가득 차 있다보니, 그날의 표정은 보기만 해도 사람의 마음을 답답하게 할 정도였다.

그런데 의식하지 못했지만 이전에 간타는 전동 지게차 운전을 배울 때 뭔가 물으면 곧잘 대답해주기도 하던 마에노라는, 보기에도 건장하고 힘이 꽤 세 보이는 이십대의 창고직원을 기분 나쁘게 한 적이 있었다. 하지만 간타는 그것도 모르고 같은 자리에서 일을 하며 그 마에노의 불온한 시선 앞에 노출된 채 내려온 지시를 듣는 둥 마는 둥하며 불퉁한 표정으로 무성의하게 작업에 임했다.

3시가 넘었을 즈음 야근조가 인계할 아침 출하 품목을 냉동창고 안에서 정리하다가 마에노가 전동 지게차의 포크를 잘못 조작해서 냉동식료품이 쌓인 팔레트 세번째 단에서 그만 물건을 뒤집어버리고 말았다.

바닥에 흩뿌려진 수많은 물건은 당연히 손으로 정리하는 수밖에 없다. 간타는 같은 일을 두 번이나 하는 상황에 심하게 짜증스러워 누구에게랄 것도 없이 짧게 노성을 날려보내며 흩어진 냉동식품 상자 하나를 뻥 하고 발로 차버렸다.

그게 마에노의 감정을 건드린 듯, 날카롭고 거칠게 질책을 하자 간타는 대답 대신에 소리 높여 혀를 끌끌 차고는 몸을 휙 돌려버렸다.

다음 순간, 마에노가 번개처럼 전동 지게차에서 뛰어내려 간타의 방한복 멱살을 잡고 다짜고짜 냉동창고 안으로 끌고 들어가더니 작업중에 간타가 내보인 태도에 대해 심한 욕설을 퍼부으며 따졌다. 간타가 그 말조차 들은 척도 하지 않고 불퉁한 표정으로 몸을 돌려 바깥으로 나가려 하자, 마에노는 갑자기 그의 옆머리를 손바닥으로 치고 이어서 주먹과 발길질로 얼굴과 복부를 난타했다.

허를 찔린 간타는 갑작스러운 폭행에 잠시 멍한 상태에 빠져 반격도 제대로 하지 못한 채 꼴사납게도 무릎을 끌어안고 바닥에 쭈그려 앉았다. 그때 같은 층의 다른 창고 직원 두 사람이 황망히 달려와 마에노를 붙잡고 달래며 스토브가 있는 작은 방으로 데리고 가는데, 간타가 재빨리 그들의 뒤를 따라가 입구에 놓인 둥근 의자의 삼각 다리 가운데 하나를 잡고 마에노의 옆구리를 향해 휘두르는 척하다가 위로 방향을 틀어 온 힘을 다해 머리를 갈겼다.

그리고 마치 죽일 듯한 기세로 다시 의자를 치켜들자 갑작스러운 일에 잠시 얼어 있던 두 사람이 퍼뜩 제정신을 차리고 간타의 몸을 잡고서는 꽉 눌러버렸다.

그러나 입 안이 찢어지고 코피를 흘리는 사람은 마에노가 아니라 간타였다.

그뒤 어이없게도 간타와 마에노는 같은 자리에서 작업에 필요한 말 외에는 입을 꾹 다문 채 계속 일을 했다. 서로에게 똑같이 치고받았으니 그것으로 모든 것을 불문에 부치는가 싶었으나, 돌아갈 준비를 할 즈음에 책임자에게 앞으로는 절대 나오지 말라는 거의 협박에 가까운 통고를 받았다. 돌아가는 버스도 타지 말라고 했다. 폭력 사태가 일어났을 때 벌써 그런 방침이 섰던 것 같았다. 간타는 큰 충격을 받았다(이제 일용노동조차 할 수 없게 된 걸까……).

이런 후줄근한 작업장에서조차 거부당하는 존재가 되어버렸다는 사실을 받아들이기 힘들었다. 그것은 너무도 비참하고 서글픈 일이었다.

간타는 놀란 표정을 짓는 구사카베 바로 옆에서 옷을

갈아입으며 잠깐 사건의 경위에 대해 설명해주었다.

"뭐야, 나보다 먼저 여기를 그만두는 거잖아. 그래, 건강하게 잘 지내."

묘한 웃음을 띤 채 던지는 참으로 산뜻한 작별인사였다.

간타는 너무도 담백한 인사말에 조금 당황하면서도 갑작스레 밀려드는 사람에 대한 그리움에 못 이겨 구사카베에게 전화번호를 물었다.

처음에 구사카베는 말꼬리를 흐리면서 거절하려는 듯하다가 간타가 집요하게 묻자 마지못해 대답했다.

"하긴 빌려준 돈도 있으니까 연락처를 알아야 할 테고, 지난번에 빌려준 것까지 못 받으면 손해가 크긴 해."

그런 말을 하면서 결국 종이에 전화번호를 적었다. 그러나 구사카베는 이런 다짐을 해두는 것도 잊지 않았다.

"곧 여친과 동거를 시작할 것 같으니까 불러도 나가지 못할 거야. 꼭 연락할 필요가 있을 때만 전화해."

이렇게 하여 너무도 산뜻하게 벌이를 잃어버린 간타는 다음 날부터 순식간에 곤궁한 상황에 처하고 말았다.

먹고 마시는 것이 여의치 않은 것은 물론이고, 매음은 커녕 담뱃값도 없는 지경이었다.

그렇게 되고 보니 당연히 방세 따위는 의식 속에서 무엇보다도 가장 먼저 사라져버렸다. 그러나 이타바시의 집주인은 느긋한 정신의 소유자가 아닌 듯, 고작 두 달치 방세가 밀렸을 뿐인데 쓰라린 퇴거권고를 내렸고, 어떤 변명도 애원도 받아들이지 않았다.

곤란한 지경에 처했으나 아무런 대책이 없었던 간타는 어머니 가쓰코에게 달려가서 정말 이번이 마지막이라며 발을 동동 구르기도 하고, 공갈협박을 하기도 해서 가쓰코의 전 재산과 그녀가 동료에게 빌리기까지 한 돈을 합해 9만 엔을 가슴에 품고 심기일전을 위해 요코하마의 도베 쪽으로 흘러들었다.

이후 구사카베와는 거의 연락이 끊겼지만 그래도 가끔 서로 기별을 보내 거주지만 알 정도의 관계를 유지하며 세월이 흘렀다.

그 사이 가뭄에 콩 나듯 연하장 따위가 오기도 했는데,

어느 해 아마도 아직 전문학교에 재학하던 시기쯤에 날아
온 연하장에는 미나코와 결혼했다는 내용이 들어 있었다.

그리고 얼마 후 구사카베는 우체국에 취직한 듯했는
데, 거기에 대해 간타는, (죽어라 헤엄만 치다가 같잖은
꿈을 품고 상경해서 유학생활을 마음껏 즐기며 소설이니
연극이니 대가리 나쁜 평론가나 편집자처럼 뭣도 모르는
소리 따위 시건방지게 지껄여대더니 결국에는 우체국 직
원이란 말이지) 하고 혼자서 욕을 해대며 구사카베를 조
롱했지만, 그런 간타도 그때까지 고작 일용노동자에 지나
지 않았다.

다른 하역회사에 옮기기는 했으나 역시 하루벌이로 겨
우 입에 풀칠하는 상황은 예나 지금이나 변함이 없었다.

누구하고도 말을 나누지 않고 아무도 말을 걸지 않는
그 시절 알게 된 사소설 작가 후지사와 세이조*의 작품 복
사물을 늘 작업복 뒷주머니에 지니고 다닐 뿐, 미래의 뚜
렷한 목표도 없었다. 그는 그냥 그대로 일용노동자였다.

----

* 1889-1932: 소설가. 인간의 추악함과 비참함을 다루었다. 정신질환을 앓다
도쿄의 한 공원에서 동사했다.

나 락 에 떨 어 져
소 매 에 눈 물 적 실   때

쾌유라 할 정도는 아니더라도 고통이라는 얇은 피부 한 꺼풀 정도는 벗겨지기를 바랐다. 시간적으로 보아 이제 슬슬 그런 때가 되어도 이상하지 않다.

그러나 하루 종일 계속되는 동통의 사이사이로 잠깐씩 찾아오는 옅은 잠에서 깨어나는 순간 그런 기대는 헛된 희망사항에 지나지 않는다는 사실을 깨달았다.

옆으로 누운 자세로 살짝 오른발을 움직이기만 해도 기타마치 간타의 몸은 마치 감전이라도 된 듯 뻣뻣하게 굳어버리고, 허리 부근에 어제그제와 똑같은 돌발적인 격통이 마치 오늘의 작업시작을 알리는 신호처럼 솟구쳐올라 신경을 꼬집어 비틀어버리면, 마흔이나 된 그는 고통을 참지 못하고 무겁고도 서글픈 신음소리를 내뱉고야 만다.

머리꼭대기까지 꿰뚫어버릴 듯한 통증이 잠깐 물러나면 간타는 눈물 젖은 두 눈을 화들짝 뜬 채 있는 힘을 다해 호흡을 가다듬으려는 사람처럼 심호흡을 거듭 하지만, 그 숨결도 마침내 무겁고 음울하고 시커먼 한숨 비슷한 것으로 바뀌고 만다.

벌써 닷새나 지났는데 어찌된 셈인지 이 통증이란 놈, 물러날 줄을 모른다. 어제와 하나도 다를 바 없이 욱신거린다. 왜 이렇게 회복이 늦을까.

천성이 겁이 많고 쓸데없는 걱정도 많은 간타인지라 근거도 없는 망상으로 가슴을 졸이면서 화들짝 뜬 두 눈에 남모르는 불안의 그림자가 깔리는데, 그것도 한순간, 갑자기 아랫배 쪽에서 잠에서 깼을 때 특유의 격렬한 요의가 솟구쳐올랐다.

그러나 여기서 무심코 몸을 뒤척였다가는 필경 다시 아까 같은 격통이 덮쳐올 것이다. 그는 깊이 숨을 들이

쉬고 온몸의 근육을 호흡에 맞춰 움직여보면서 모로 드러누운 채 트렁크에서 쪼그라든 물건을 꺼냈다. 그러면서 윗몸을 살짝 굽히고 팔을 천천히 뻗어서 2리터짜리 우롱차 페트병을 잡는다. 그 안에는 어젯밤 잠들기 전에 방출한 액체가 칙칙한 홍차 색깔을 띤 채 고였다. 그것을 자칫 허리께에 힘이 들어갈세라 조심스럽게 사타구니에 끼우고 가위로 넓게 잘라낸 주둥이에 귀두를 완전 삽입한 다음 좌르르 요란하게 대량의 오줌을 발사했다.

단숨에 7부까지 차오른 미지근한 오줌이 든 용기를 천천히 옆에 내려두고 간타는 다시 천천히 시간을 들여 왼쪽으로 누운 몸을 똑바로 돌려놓고는, 다시 숨을 들이쉬고 오른손 중지로 머리맡의 재떨이를 가까이 끌어당겼다. 그리고 럭키 스트라이크 갑을 집어든다.

몸이 아무리 아파도 담배 맛은 변함이 없었다. 입술 사이에 담배를 끼워넣고 바쁘게 왕복운동을 하며 세 개비나 재로 만들어버리고는 무슨 각오라도 다진 듯 엎드린 자세로 바꾸기 위해 아주 천천히 몸을 돌린다.

하반신에 힘을 넣어도 되는 부분이 약간은 남았다. 그

부분을 찾느라 몇 번이나 움직임을 중단하고, 기다리고 잠시 눈치를 살피면서 구더기처럼 꼼지락거리다가 겨우 바닥을 보기에 이르면, 그 자세로 윗몸을 살짝 들어올리면서 허리 근육을 편다. 이 통증은 아침에 일어날 때가 가장 심해서, 자칫 아무 생각 없이 몸을 일으키려 하다간 뇌의 혈관이 모두 터져버리지 않을까 싶을 정도로 엄청난 통증에 그냥 늘어지고 마는, 그래서 한동안 일어나려는 의욕조차 잃고 만다는 것을 요 며칠 사이 지겨울 정도로 똑똑히 깨달았다.

그렇게 하다보니 아무리 똑같은 실패를 필요 이상으로 반복하는 간타이지만 어느 정도의 학습능력은 있어서, 일어날 때면 우선 그런 자세로 충분히 준비작업을 한 다음, 무릎과 팔꿈치의 힘으로 엉덩이를 조금 들어올리고, 발정난 남색가처럼 안달하듯 그것을 벌떡 치켜올려 그대로 조금씩 무릎을 세우고, 마지막으로 팔꿈치와 팔을 번갈아 활용하여 일단 윗몸을 일으키는 과정에서 조금이나마 고통을 분산시키는 방법을 나름 체득하기에 이르렀다. 그러나 이 시점에는 아직 무릎을 꿇은 상태에 지나지 않는다.

다음으로는 그 자세에서 허리 상태며 등 뒤의 옷장까지 기어가서, 문을 열고 상단 모서리에 팔을 걸고는 그것을 지렛대 삼아 단숨에 일어선다.

이번에도 간타는 그 방법으로 일단 일어서는 데 성공했다. 그러나 동시에 하반신에서 머리 위로 솟구쳐오르는 격렬한 통증 때문에 허리를 꺾고 그냥 무너질 뻔했다.

잠시 신음을 내뱉으며 직립 부동자세로 통증이 가시기를 기다린다. 만일 여기서 가래가 끓어 무심코 기침이라도 해버리면 아픈 곳을 찌르는 울림 때문에 간타의 인내도 물거품이 되어버릴 것이다.

바닥을 기어서 여기까지 이르는 데 20분은 더 걸렸다.

모든 것은 닷새 전에 사용한 그 청소기 때문이다. 그날 점심 때 그는 자리에서 일어난 뒤의 일과로 간단히 방 청소를 했다. 그리고 여느 때처럼 책상 아래에 청소기 노즐을 넣어두려고 허리를 굽히는 순간 묘한 감각이 치달렸다.

처음에는 조용하기 짝이 없는 둔통이었기에, 확연한 위화감을 느끼긴 했어도 평소처럼 움직이고 외출도 했다.

그러나 시간이 지나면서 점점 통증의 질이 바뀌어가더니 눕지 않고서는 버틸 수 없는 음침한 양상을 보이기에 이르렀다. 그리고 일단 자리에 드러눕고 보니 다시 일어서는 데도 만만치 않은 통증이 일어 단번에 동작을 취할 수 없었다. 다음 날 아침에는 허리 자체를 거의 움직일 수 없는 상태에 빠져버렸다. 억지로 움직이려 하면 심한 통증으로 몸이 뻣뻣하게 굳어버리고 순간적으로 숨이 턱 막혔다.

다행히도 그때 간타는 두 달 계약한 심야 아르바이트를 막 끝낸 참이었다. 지난번에 받은 100매의 단편소설 원고료도 거의 손대지 않은 상태로 남아서 월말의 방세나 그 외 경비를 충당할 정도는 되니 당장 나가서 일을 할 필요는 없었다.

하루에 다섯 갑을 태우는 담배도 세 보루가 있고 밤낮을 가리지 않고 마시는 소주도 아직 두 박스 남았다. 물론 이런 상황을 예측하고 미리 비축해둔 것은 아니지만, 천성이 손가락 하나 까딱하기를 싫어하는지라 안주로 삼는 땅콩과자나 통조림 따위를 일일이 사러 나가기가 귀

찾아서 다 먹지 못할 정도로 한꺼번에 사둔 것이 참으로 잘한 일이었다.

그러나 밥이 문제였다. 식욕에는 조금도 이상이 없으나 먹을 것을 조달할 방법이 문제였다. 간타가 사는 건물의 1층에 24시간 영업하는 도시락 가게가 있지만 도저히 거기까지 걸어갈 수가 없었다. 할 수 없이 처음에는 경제적이지 못하더라도 일회용 용기에 든 배달 초밥을 야식 분까지 포함해 4인분을 시켰는데, 문제는 인터폰이 울리면 현관까지 나가서 받아야 한다는 것이었다. 개처럼 바닥에 엎드려 손과 무릎으로 기어가기는 하는데, 통증 때문에 생각만큼 전진하기가 쉽지 않다. "잠깐만요. 문 열게요." 문밖의 배달원을 향해 쥐어짜는 소리로 말한 다음 몇 분이나 걸려서 겨우 문을 열고, 개처럼 바닥을 기는 이상한 중년 남자를 보고 깜짝 놀라 눈을 동그랗게 뜨는 배달원에게 그때마다 바닥을 기어야 하는 사연을 웃음을 섞어가며 설명하고 일용할 양식을 받아드는 굴욕을 감수하지 않으면 안 되었다.

배달은 결국 사흘 만에 그만두고 말았다. 배달음식을

받아들기 힘들어서 그만둔 게 아니라, 그것을 먹고 난 후 대변을 보는 게 정말 힘들어서였다. 똥이 마려워도 일단 화장실까지 가는 것 자체가 고통이고, 설령 고생해서 화장실에 이르렀다 해도 변기에 엉덩이를 내린 다음 정신이 아득해질 만큼의 아픔을 감수하며 똥을 눠야 한다. 애당초 허리를 구부릴 수 없으니 항문을 닦을 수도 없다. 사정이 이렇다 보니 평소 대식가에다 아무리 음식 욕심이 남다른 간타이지만 음식물 섭취를 억제해서라도 똥을 만들지 말아야 했다. 작은 볼일은 소주에 타먹기 위해 사둔 우롱차 페트병이 몇 개 남아 있어 별다른 어려움은 없었다. 이런 편리한 용기가 없었더라면 어쩔 뻔했느냐고 간타는 진짜로 몸을 부르르 떨기도 했다.

통증이 끝도 없이 밀려오면 그는 누운 자리에서 부엌까지 죽을 힘을 다해 기어가 소주 병나발을 불었다. 그러면 통증이 조금 가셨다.

이 정도는 금방 나으리라 생각했다. 간타는 십대 때도 육체노동 아르바이트를 나갔다가 허리를 삐끗한 적이 있었는데, 물론 한동안 자리에 드러눕긴 했지만 사흘째는 일을 할 수 있을 만큼 회복되었다.

그러나 이번에는 닷새가 지난 지금도 도무지 차도가 없다. 그러기는커녕 통증이 누그러들 기미도 없다. 아마도 요즘 날씨와도 관계가 있을 것 같다. 연일 구름 낀 하늘에다 3월도 하순이 다 되었는데 아직 봄다운 따스한 햇살이 비친 적이 없고 공기는 약간 춥다 싶을 만큼 오슬오슬한 것이 이 통증을 그의 몸과 마음속에 오래오래 잡아두는 부분적인 원인인 듯했다. 그도 벌써 마흔을 넘었으니 외상이건 가벼운 감기건 회복이 늦어지는 것도 당연하다 싶지만, 그래도 이번 통증은 정말 말도 안 될 만큼 오래 간다는 생각을 하니 묘하게 염세적인 기분에 사로잡혀 착실하게 늙어가는 자신의 몸에 대해 가슴 서늘한 위기감을 느끼지 않을 수 없었다.

간타는 옷장 앞에서 직립 부동자세로 서 있다가 통증의 파도가 잦아들자 한숨을 쉬고는 조심스럽게 발걸음을 내디뎌 침실 창을 열고 실내에 신선한 공기를 불러들였다.

내친 김에 발아래 페트병을 무릎만 살짝 구부려 조심

스럽게 집어들고는 발을 질질 끌면서 화장실로 가 내용물을 변기 속에 부었다. 그리고 음식물을 거의 밀어넣지 않았음에도 아랫배에서 약간의 변의가 일어나 그 자리에서 끙끙 신음하며 복도 쪽으로 옷을 벗어던지고 천천히 변기에 엉덩이를 내렸지만, 심한 통증 때문에 쉽사리 목적을 달성할 수 없었다. 그러나 고생해서 마련한 그런 기회를 간단히 포기할 수는 없었다. 고생해서 일어선 참에 필요할 것으로 예측되는 모든 일을 해치우는 게 결과적으로 편할 것이기 때문이다.

찝찝하나마 볼일을 다 본 다음, 벌거벗은 채 일단 침실로 돌아와 꽁초가 든 재떨이를 발가락으로 끌어당겼다. 그것을 복도에 던져놓은 옷 위에 싣고 발로 끌며 거실로 이동했다.

무작정 조용히 누워 있는 것이 가장 좋은 회복법이겠지만 간타는 이런 때도 새로운 하루를 시작하기에 앞서 뜨거운 물로 몸을 씻지 않으면 도무지 개운치가 않았다. 요 몇 년 동안의 습관인데, 그러지 않으면 이상하게도 정신이 들지 않는다. 게다가 지금은 볼일을 보고 난 다음 엉덩이도 닦지 않았다.

욕실에서 팔을 움직이는데 신경이 아픈 곳과 연결되어 있는 듯 민감하게 반응하고, 그럴 때마다 간타는 신음하며 몸을 뒤틀었다. 평소라면 10분도 걸리지 않는 아침의 과정이 30분 넘게 걸렸다.

거실로 돌아와 소주를 진하게 섞어둔 우롱차를 두 잔 연거푸 마시고 고생해서 집어든 재떨이의 내용물을 물과 함께 버린 다음 발을 질질 끌며 침실을 향해 나아간다.

그리고 이불에 천천히 배를 깔고 엎드리자 한계상황에 도달했던 허리 근육이 조금이나마 평온을 되찾아 비로소 간타는 안도의 한숨을 길게 내쉰다. 아무튼 똑바로 눕는 것이 가장 힘들고 아픈 쪽을 아래에 두고 옆으로 눕거나 엎드린 자세가 가장 편했다.

담배 한 개비를 피운 뒤, 간타는 천천히 머리맡의 노트를 펼쳤다.

이런 상태로는 아무 일도 할 수 없어서 그는 어제부터 쓰다 만 소설을 쓰기 시작했다.

컴퓨터는커녕 워드프로세서도 사용할 줄 몰라 원고는

늘 손으로 쓰는데, 그러기 전에 노트에 한 번 끼적여보는
버릇이 있다. 열이 나는 것도 아니니 머리는 맑다. 이 기
회를 살려 200매를 목표로 느긋하게 회심의 작품을 만들
어내리라고 내심 기세를 올려 엎드린 자세로 볼펜을 굴
리기 시작한 것이다.

그러나 이날 써나갈 문장을 구상하다가 지금까지 쓴
10페이지 정도 분량을 뒤적여보는데, 꼭 어제와 다를 바
없는 몸 상태 때문에 생긴 짜증은 아니더라도, 도대체 이
런 재미도 없는 글을 써서 뭘 어쩔 작정이냐는 심한 혐오
감이 밀려왔다.

그래서 아예 처음부터 다시 한번 읽다가, 주인공 남자
가 시내버스 안에서 우연히 젊은 여자의 치마 속을 들여
다보고 흥분하여 집으로 돌아와서는 동거하는 여자 몰래
재빨리 자위행위를 하는 대목까지 써둔 자신의 작품이
너무 진부하고 시시해서 그만 넌더리가 나고 말았다. 도
입부의 빈자리에 슬쩍 적어놓은 '피고름 치달리다'라는
무지막지한 제목도 그렇고, 어처구니없는 이야기의 흐름
하며 더는 원고를 쓸 기분이 아니었다.

간타는 볼펜을 집어던지고 가슴 아래 깔아둔 베개를 끌어당겨 얼굴을 묻었다. 이윽고 거기에서 허리 통증 때문이 아닌 다른 종류의 낮은 신음이 한바탕 흘러나오기 시작했다.

그런 간타에게 지금 유일한 희망의 빛은 가와바타 야스나리 문학상이었다. 다음 달 초순에 심사가 있는 제35회 가와바타 야스나리 문학상.

그는 열흘 전에 그 문학상의 최종심에 올랐다는 소식을 『신초』지의 다바타에게 전해들었다.

그러나 이 다바타라는 작자는 묘하게 말꼬리를 흐려 사람 속을 태우는 버릇이 있어서, 그때 통화에서는 후보자의 '후'자도 꺼내지 않은 채 맥빠진 목소리로 아무튼 빠른 시일 안에 만나고 싶다고 했다.

이에 간타가 좋지 않은 예감을 가질 수밖에 없었던 것은 과거 몇 번이나 다바타에 대해, 그리고 『신초』지에 대해 예의를 차리지 않고 늘 불만스러운 태도로 대해왔기 때문이다. 첫 대면은 다바타가 아직 『신초』지에 옮겨오기 전이었는데, 잡지에 처음 게재하기로 결정 난 「어둠의

허실」의 교정지를 주고받을 때 집필 태도에 대해 뭐라고 한마디 하는 바람에 화가 치밀어 간타는 일방적으로 교정지를 넘겨주지 않겠다는 뜻을 전했다가 금방 후회하고 스스로 그 말을 철회했으나, 사죄의 말은 일체 하지 않았다. 말하자면 처음부터 상대에게 약간의 불신감을 심어준 셈이었다. 또 그다음에도 같은 잡지에 신기로 결정하고 제목까지 정한 「동전을 헤아리다」라는 200매짜리 원고를 마감에 맞춰 잡지사가 있는 야라이초까지 가져가는 도중에 불현듯 지난번의 불편한 일들을 떠올리고, 머리를 숙여야 하리라는 사실에 몹시 부아가 치밀어 아무런 연락도 하지 않고 발길을 돌려 도망쳐버렸다. 그걸로도 모자라, 그 원고를 다른 잡지에 실어버리는 말도 안 되는 실례를 범하고 만 것이다. 다바타가 그 잡지사에서 간타의 담당자가 된 직후인 작년 여름에는 「병질엄의 노래」라는 단편을 제목까지 알려주고 다바타에게 보여줄 날짜를 잡았다가 사소한 연락의 엇갈림에 괜히 심사가 뒤틀려 이번에도 그 원고를 다른 문예지에 실어버렸다.

그리고 또 있다. 간타를 싫어하는 편집장 야노 씨를 설

득해 심기일전하여 새로운 원고를 가져와도 된다는 허락
을 받아온 다바타에게 매달 원고 마감 날짜를 미루고 또
미루다가 한번은 자신이 내뱉은 면담 날짜를 까맣게 잊
어버리는 무례하기 짝이 없는 행동을 저질렀다.

　세상 사람들이 슬슬 한해의 일을 마무리하는 연말의
어느 날 밤 7시에 우에노 히로코지에서 다바타와 만날 약
속을 해놓고서 깡그리 그 사실을 잊어버린 간타는 하필
이면 그 시간에 고단샤 출판부의 시마다와 이케부쿠로에
서 술잔을 기울였다. 9시가 넘어 2차를 가려고 상의를 집
어드는 참에 잠깐 핸드폰을 확인해보니 두 시간 전부터
다바타에게서 무슨 영문인지 일곱 번이나 전화가 온 기
록이 있었다. 그중 딱 한 번 남겨진 음성 메시지를 들어보
고서야 비로소 약속한 사실을 깨닫기에 이르렀지만, 때는
늦었다.

　그러나 일단 사죄라도 할 양으로 늦었지만 다바타에게
연락을 했더니, 아직도 우에노에서 간타에게 전화가 오기
를 기다리고 있었다는 게 아닌가. 원래가 억양 없고 나지
막한 목소리의 소유자인 그도 이번만은 그 낮은 목소리

에 노기를 잔뜩 실었다. 사정(이라고 할 것도 없이 그냥 깜박해서 지금 이케부쿠로에 와 있다는 것)을 솔직히 전하자, 지금 당장 이쪽으로 오라고 전에 없이 단호하게 말하는것이었다.

평소 간타는 자신보다 대여섯 살 아래인 다바타를 기본적으로 '다바타 군'이라고 불렀고, 술기운이 돌기라도 하면 너, 자네 하며 말을 놓아버렸다. 다바타가 들어본 적도 없는 무슨 기독교 계통의 대학을 나왔다는 사실을 툭하면 들먹이며 '그런 데를 나와서 잘도 신초사에 들어갔네' '그건 거의 중졸이나 다름없어' 등등, 중졸이 하는 말이니 딱히 모욕적으로 들리지 않을 거라는 독선적이고 편리한 생각으로 오히려 약간 아부 기를 넣어서 온갖 실례의 말을 마구 내뱉어왔으니, 다바타도 오늘에 이르러서는 마침내 편집자로서 인내의 한계에 도달했음이 분명했다.

그러므로 이번에는 (나를 칠지도 모른다는) 겁쟁이다운 본능으로 위험을 감지한 간타는 아무 관계도 없는 시마다에게 억지로 동행을 부탁하고는, 모르는 사람을 왜

같이 만나러 가야 하느냐며 울상을 짓는 그의 하소연을
무시하고 결국 우에노까지 끌고 갔다.

　그러나 헐레벌떡 급하게 달려온 척하며 간타가 선수
를 쳐 머리를 조아리고 사죄하자 다바타는 딱히 화를 내
지 않았고, 시마다도 자연스럽게 술자리에 동석한 상태에
서 술을 마시며 원고 청탁 이야기를 꺼내는 것이었다. 어
떻든 다바타는 만날 약속을 한 이상 무조건 연락이 닿을
때까지 여기 눌어붙어서, 차가운 겨울바람이야 불건 말건
포장마차에서 닭꼬치를 안주 삼아 잔술을 들이켜며 기다
릴 생각이었다고 하는데, 그 말을 듣고 간타는 (그럴 바에
는 일단 회사에 가 있으면 되잖아) 융통성이라고는 눈곱
만큼도 없는 그 태도에 질려버렸다. 오히려 그러는 게 자
기도 덜 미안할 테고, 해가 바뀌고 난 다음에 사죄할 겸
다시 만날 약속을 잡았다면 아무 관계 없는 시마다에게
피해를 주지 않았을 텐데, 하고 되레 불평이라도 하고 싶
은 심경이었다. 그러나 다른 한편으로는 이번 일에 대해
다바타에게 진심으로 미안한 마음을 가졌고, 그 이후로
그에게 어떤 부채의식을 느끼게 된 것 또한 사실이다.

그러나 이때 2월 초에 원고를 건네주기로 약속한 것도 지키지 못하자 다바타는 연락을 뚝 끊어버렸다. 그런 가운데 오랜만에 전화를 걸어 만나서 의논하고 싶다는 것은 간타의 담당자로서 별다른 소득을 얻지 못했으니 앞으로 『신초』 지의 창구 역할을 그만두겠다는 뜻을 전하려는 것이 분명할진대, 그래서 새삼 초조함을 느낀 그는 혹시 만나서 의논하겠다고 할 정도라면 이쪽에서 얼마나 반성의 태도를 보이느냐에 따라 아직 약간의 여지를 남겨줄지도 모른다고 생각하고 거기에 일말의 희망을 걸었다. 그러나 정작 만나고 보니 그 의논이라는 것은 가와바타 상의 최종심에 올랐다는 정말 기분 째지는 소식이었다.

제 주제를 모르는 소리지만 간타는 진심으로 그 상을 받고 싶었다. 듣기로는 대가 중견 신인을 따지지 않고 지난해 발표된 단편소설 중에서 오로지 작품성 하나만을 두고 철저히 심사한다고 한다. 그리고 후보작도 다른 문학상에서는 도저히 생각할 수 없을 만큼 어떤 조작도 없이 뽑는, 요즘 세상에서 찾아보기 힘든 공정한 성격의 상이라 한다. 실제로 간타는 3년 전에도 이 상의 최종심에 올랐는데, 그것이 그가 상업지에 처음으로 발표한 최초의 작품이었기에 더욱더 놀라, 세상에 이렇게나 깨끗한 상이 다 있느냐고 감탄했고, 그와 함께 후보에 올랐던 아쿠타가와 상 심사위원이자 거지 근성을 가진 노인 소설가도 최종심에서 낙선한 것을 보고 이 얼마나 공정한 상이냐고 솔직담백하게 경의마저 표하고 싶어졌기에, 간타는 이 상의 영예만은 꼭 누리고 싶었다.

다바타는 이번 후보작이 예의 사연을 간직한 「병질엄의 노래」이기도 했고(아니, 그것은 단순히 간타의 실력과 성격을 예단한 데에 지나지 않을 테지만), 또한 그가 너무 좋아서 길길이 날뛰는 것을 경계해서인지, 이 상에 관해서는 후보가 되었다는 것만으로 만족해야 하지 않겠느냐고 마치 벌써부터 위로라도 하듯이 중얼거렸는데, 거기에 대해 그는 겉으로는 딱히 그런 상에 관심도 없다는 듯 고개를 끄덕이며, "그렇지만 말이야, 내가 후보 명단에 들지 않았더라면 너무 기가 차서 그냥 은퇴해버리고 말았을 거야" 하고 너스레를 떨면서도 마음 한구석에서는 의

외로 수상 가능성이 충분하지 않겠느냐고 은근한 기대를 품으며 입맛을 다셨다. 그러나 그러니만큼 이번에 낙선을 하면 실망감 또한 클 것이라는 생각이 들어 다바타에게는 순조롭게 수상했을 때만 결과를 통보해달라고 부탁했다. 무엇보다 다바타는 뭔가 숨기는 게 있는 듯한 분위기로 사람 애간장을 태우는 남자다. 낙선을 통보할 때도 찰나적으로 그 반대 결과를 예측하게 하는 묘한 암시를 내비칠지도 모를 일이다. 그러니 떨어지면 아예 연락을 안 받는 편이 낫다. 전화가 오지 않으면 아, 떨어졌구나, 하고 알아서 받아들이는 편이 마음의 충격이 덜할 거라는 생각에, 선천적으로 소심한 겁쟁이 꼬락서니를 그냥 드러내며 부탁했는데, 그러나 그것은 뒤집어 생각하면 무슨 일이 있어도 그 상만은 꼭 받고 싶다는 속내를 드러내는 것이기도 했다.

"아, 시파. 세상이 뒤집어지는 한이 있어도 가와바타 상만은 받고 싶어."

간타는 베개에 파묻었던 얼굴을 들고 무심결에 혼잣말로 중얼거렸다. 그랬더니 다시 허리에서 통증이 찌릿, 일어난다.

　최종심까지는 아직 2주일 정도 남았다. 그때까지 허리를 원래의 상태로 돌려놓고 싶었다.

　그런데 이 통증, 대체 무슨 영문일까. 혹시 골수에 무슨 병이라도 생겨 계속 악화되는 것은 아닐까. 조금이라도 걸을 수 있을 정도가 되면 바로 병원에 가서 진찰이라도 받아보는 게 좋을지도 모른다.

　현실의 고통에 사로잡히자마자 다시 마음은 어두워졌다. 천성이 비관과 염세로 물든 간타의 가슴속에서 온갖 불안이 꼬리를 물고 일어나기 시작한다.

　생각해보면 허리를 조금 삔 것이라서 그나마 다행이지, 만일 다른 종류의 심각한 병이었다면 가족도 저축도 없는 그에게는 치명적인 일이다. 아니, 그 정도만 되어도 여차하면 스스로 구급차를 부를 수 있지만, 갑자기 집 안에서 뇌졸중 따위로 쓰러지기라도 하면 그냥 끝장이다. 그의 시체는 홀로 썩어 문드러진 다음에야 발견될 것이다. 방세가 들어오지 않아 의아해 한 관리회사 직원이 사후 2개월쯤 지난 뒤에나 겨우 발견할 것이다. 그렇게 되기 전에 어떻게 사는지 보러 올 친구도 하나 없다. 갑자기 죽어버리는 거야 어쩔 수 없다 쳐도, 근본이 폼생폼사이다 보니 절대로 그런 추악한 모습으로 죽고 싶지 않다. 그리고 그 경우의 뒤처리 문제도 마음에 걸린다. 어차피 죽은 다음 일은 당사자에게는 아무 상관 없지만, 그것 때문에 수십 년 교류가 없던 친척에게 피해를 주는 것도 참으로 가슴 아픈 일이다.

그런 생각을 하는 간타의 뇌리에 예전에 1년 정도 동거했던 한 여자의 얼굴이 떠오른다. 그를 배신하고 다른 남자에게 가버린, 한때 부부처럼 생활하던 유일한 여자, 그 여자가 있었더라면 적어도 이런 걱정은 하지 않아도 되었을 텐데 하고 그는 허망한 회한에 사로잡힌다.

그럴 바에는 역시 그런 불상사가 일어나기 전에, 갑작스럽게 죽어 꼴 같지 않은 꼴을 보이기 전에 선수를 쳐서 자신의 의지로 스스로를 정리하는 것이 좋지 않은가 싶어 예의 자포자기적인 짓거리를 실천하고도 싶다. 가진 것 없고 의지할 곳 없는 자유의 몸이 누릴 수 있는 유일한 특권을 눈 딱 감고 저질러버리고도 싶다.

그러나 그러하기에 마지막으로 그 상만은 반드시 받아야 되겠다는 생각도 한층 더 강렬해졌다.

잠시 후 마음의 안정을 찾은 간타는 다시 노트를 끌어당겨 주인공이 어리석은 행동을 하기에 이르는 그다음 부분을 쓰려고 볼펜을 집어들었다.

전체적인 흐름이 그런대로 완성되면 가장 먼저 다바타에게 읽어보게 하고 몇 번이나 저질렀던 자신의 무례에 대한 작은 보상의 증표로 삼고 싶었다. 그러나 몇 줄 나가지도 않아 갑자기 치달리는 격통에 머리가 마비되더니, 온몸에서 믿을 수 없을 정도로 힘이 빠져 손가락에서 필기구가 툭 떨어지고 말았다.

그리고 일주일이 흘렀다. 진행 중인 졸작은 원고지 120매에 뚝 멈춰버렸지만 허리 상태는 겨우 외출이 가능할 정도로 회복된 듯해서 간타는 이참에 재활삼아 병원까지 걸어가 진찰을 받기로 했다.

이대로 내버려두어도 하루하루 좋아질 것이 분명하지만 아직도 머리꼭대기까지 치고 오르는 통증은 변함이 없어 그것을 진정시킬 진통제도 빨리 처방받고 싶었다.

아카바네에 밤 8시까지 문을 여는 자그만 종합병원이 있는데, 몇 년 전에 편두통 때문에 오갔을 때 복잡한 검사 같은 것도 하지 않고 몇 종류의 약을 처방해준 적이 있었다. 쓸데없는 검사를 하다가 괜히 심각한 병소를 발견하여 입원한 뒤에 죽음으로 이어지는 것을 두려워하는 그와 같은 사람에게는 정말 고마운 의료기관이다.

그래서 이번에도 진통제 정도 처방받을 목적으로, 일부러 때맞춰 진료시간이 거의 끝나는 시간을 노리고 갔더니, 아니나 다를까 그를 진찰한 젊은 의사는 그날의 마지막 외래환자를 빨리 처리하고 싶은지 적당히 문진을 한 다음 손으로 환부를 만져보고는 너무도 간단하게 2주일치 진통제 로키소프로펜과 위장약, 그리고 이제는 그다지 필요도 없는 찜질약을 처방해주었다.

간타는 병원 뒤편의 약국에서 진통제를 받아들고 재빨리 그 자리에서 한 알을 먹은 다음, 뒤뚱뒤뚱 걸어서 역 앞으로 갔다.

올 때처럼 버스를 탈 생각이었다. 전차를 타는 게 빠르기는 하지만, 그만큼 많이 걸어야 하니까 허리가 아프다.

그날도 간타가 눈을 뜬 점심쯤에는 하늘에 엷은 구름이 끼어 있었는데, 이 시간에 이르자 결국 가느다란 빗줄기가 흩뿌리기 시작했다.

우산 없이 외출한 간타는 마음이 조금 바빠졌지만 역의 동쪽 출구에 이르자 이렇게 외출한 참에 저녁이라도 먹고 가자는 생각이 들었다. 이제는 주거 건물의 1층에 있는 도시락 가게까지 갈 수 있지만, 오랜만에 튀김을 올린 뜨거운 메밀국수를 먹고 싶었다.

그렇지만 의자에 앉아 먹는 보통 가게에는 아직도 도전할 용기가 일어나지 않았다. 허리에 부담이 가면 생각지도 못하게 고통의 신음이 새어나오는 건 아직도 변함이 없었다.

그래서 그는 고가 선로 건너편에 있는, 이 부근에서 가장 맛있는 서서 먹는 메밀국수 집을 향하여 가느다란 빗줄기 속을 뒤뚱거리며 걸어갔는데, 겨우 도착해보니 그 가게는 오늘따라 평소보다 이른 시간에 입구의 주렴을 안으로 걷어버린 뒤였다.

간타는 선뜻 포기하고 싶지 않은 마음에 카운터 안쪽으로 안타까운 눈길을 던지며 고개를 들이밀었지만, 혼자 일하는 낯익은 파트타임 중년 여자는 정리하느라 정신이 없는지 눈길도 주지 않았다.

아픈 허리를 끌고 다시 선로 반대쪽의 맛없는 체인점에 가는 것도 뭣하고 해서 그냥 포기하기로 했다. 다키노가와에 돌아가서 싸구려 도시락이나 먹자고 발길을 돌려 한층 굵어진 빗발에 떠밀리듯 역 앞으로 향했다.

그런데 그 순간 간타는 반대쪽으로 조금 더 가면 요카도 뒤편에 작은 헌책방이 있다는 것을 문득 떠올렸다.

근대문학 헌책을 좋아하는 그인지라 평소에 길을 가다가도 그런 책방을 만나면 조건반사처럼 뛰어들어서 그럴 듯한 놈이 없을까 하고 선반 구석구석을 살펴보지 않으면 마음이 편치 않은 성격이었다. 그곳은 성인잡지나 포르노 DVD를 중심으로 최신 문고본이나 만화를 진열해 둔 참으로 평범하기 짝이 없는 헌책방이지만, 바깥의 진열대에는 가끔 시커멓게 변색된 초판본 같은 것이 섞여 있기도 해서 간타의 헌책방 지도에서 가끔 들러보아야 할 포인트로 기록된 장소이다.

그러나 지금 이 상태로는 도저히 거기까지 걸어갈 엄두가 나지 않고, 아무 수확 없이 빈손으로 돌아올지도 모를 그런 고생을 사서 할 형편도 아니므로, 원래라면 당연히 수고를 사양하는 게 맞다. 그러나 이때 간타는 그 헌책방의 존재를 떠올림과 동시에 뭐가 어떻게 되든 지금 꼭 그 진열대를 보러 가야겠다는 참기 어려운 충동에 휩싸였다.

지난해 그는, 물론 곁다리 장식이었을 테지만, 노마 신인상 후보에 올랐고, 최종심이 있던 전날 밤에 별 생각 없이 이 가게에 들렀다가 바깥 진열대에서 고단샤의 창업자인 노마 세이지가 1935년에 발간한 『세간잡화』라는 훈화집 한 권을 발견했다. 원래는 헌책방에서 눈에 띈들 손도 대지 않았을 책이다. 그러나 때가 때이니만큼 친근감 같은 것을 느끼기도 했고, 가격도 고작 1백 엔이라서 집어들었더니 다음 날 그 사람의 이름이 붙은 신인상에 청천벽력같이 떡하니 당선되었다.

애당초 그는 그리 미신을 따르는 타입은 아니지만 보

이지 않는 힘에 모든 것을 맡기는 기질도 있었던지라 그
또한 일종의 은총이라 여기고 내심 기쁨에 떨었다. 그래
서 그 다음 달 아쿠타가와 상 후보에 거론되었을 때도 신
령스러운 효험을 기대하고 다시 그 가게로 발걸음을 옮
겨 바깥 진열대에서 아쿠타가와의 책이 있는지 살펴보았
지만 무슨 영문인지 문고본 한 권도 안 보였다.

나쓰메 소세키, 다야마 가타이, 나가이 가후, 다니자키
준이치로, 시가 나오야, 또는 문고본이 드문 가지이 모토
지로와 호조 다미오까지 있는데 왜 아쿠타가와만 없는
것일까.

간타는 무슨 불길한 암시를 받은 듯 기분이 좋지 않아
서 행운을 바라는 이런 묘한 기도 같은 짓은 애당초 염두
에도 두지 않았다고 애써 부정하려 했는데, 아니나 다를
까 그 상과는 인연이 없었다.

그렇게 보자면 그 헌책방에서 자기 이름을 딴 문학상
이 있는 작가의 책을 집어들면 수상의 행운도 따른다는
도식이 성립한다. 그렇다면 지금 그곳에 가와바타 야스나
리의 작품이 한 권이라도 있으면, 그리고 그것을 손에 넣

을 수만 있다면 이번 가와바타 상은 떡하니 내 머리 위에서 빛나지 않을까, 그런 생각이 뇌리에 번쩍 떠오르자 간타는 도저히 가만있을 수 없어 지푸라기라도 잡는 심정으로 얼굴에 기름땀을 흘리며 뒤뚱뒤뚱 그 헌책방을 향하여 나아갔다.

부슬비가 내리기 시작한 지도 꽤 지났는데 아직도 그 가게 앞의 진열대에는 비닐 시트가 덮여 있지 않았다.

"아, 아파."

간타는 욱신거리는 허리를 쓰다듬으며 잠시 숨을 고르다가 통증이 조금 잦아들자 천천히 가게 앞으로 다가가 진열대를 살펴보기 시작했다.

문고본 선반을 다 살펴보고 저도 모르게 핏발이 선 눈으로 다시 단행본 선반으로 시선을 옮기는 바로 그 순간, 찾고 있던 작가의 이름이 망막에 또렷이 들어왔다.

『호수』, 색깔이 바래고 커버가 벗겨져 알맹이만 남은 책이었다. 1955년 초판 이후 3쇄째 찍은 책이다. 헌책이라고 가격을 매기기에도 어려울 정도로 폐기 일보직전의 책이지만 지금의 간타에게는 행운의 여신 같은 존재였다. 아니, 이 세상에 하나뿐인 가와바타 상 당선 제비를 뽑은 듯한 기분이었다.

아무에게도 건네줄 수 없다고 그 책을 힘차게 거머쥔 간타는 재빨리 가게 안 계산대로 가려다가, 무난히 목적을 달성하여 마음이 놓인 탓인지 내친 김에 다른 책장도 한번 살펴보고 싶어졌다. 그래서 가와바타의 책을 빼낸 곳을 다시금 살피는데 잠시 후 생각지도 않은 이름이 그의 눈을 사로잡았다.

한순간 동명이인인가 생각한 것은 여태 그 사람의 책은 한 번도 본 적이 없었고, 그래서 저자 자체가 존재하는지 아닌지도 의심스러웠기 때문이다. 서둘러 집어들고 펼친 얇은 책의 목차에는 서른 개 정도의 단문 같은 소제목 중에 「가무라 이소타의 추억」이라는 것도 있고 사사키 모사쿠의 서문도 붙어 있는 걸 보아, 분명히 1910년대의 문학평론가 호리키 가쓰조가 간행한 것이 분명했다.

맨 뒷장을 보니 1966년에 자비로 간행한 듯했고, 때가 많이 탄 표지에는 제목과 저자 이름 말고는 아무런 장식이 없다. 참으로 자비 출판에 걸맞은 소박한 소책자이다. 그러나 어떤 의미에서 희소성이 있는 귀중한 자료이니 근대문학 전문서점에 가져가면 1만 5천 엔 정도의 가격은 붙여줄 것이다.

간타는 생각지도 않게 용돈을 벌었다고 푸근한 미소를 머금었고, 거듭되는 행운에 허리 통증도 잊어버렸다. 기분좋게 그 두 권을 구입한 다음, 비에 젖지 않게 점퍼 겨드랑이 사이에 넣고 의기양양하게 역으로 향했다.

그는 벌써 수상 내정이라도 받은 듯한 생각에, 소설을 쓰기 시작한 이후 계속된 불운과 울적함이 한꺼번에 날아가버린 듯한 기분에 휩싸였다.

그러자 묘하게도, 이것이 영예를 손에 넣은 작가의 자신감이라고 해야 할지는 모르겠으나, 살짝 냉정해진 눈으로 스스로를 내려다볼 여유가 생겨 조금 전까지 오로지 공명심으로 초조해하던 자신의 모습을 돌아보니, 너무도 서글프고 흉측하기 짝이 없었다.

생각해보면 문학상을 바라는 마음은 샐러리맨의 출세욕과 그리 다르지 않을 것이다. 그리고 가와바타 상을 한

없이 원하는 자신 또한 명예욕에 매달리는 거지근성을 가진 천박한 인간에 지나지 않는다. 이런 것을 부정하고 본 척도 하지 않는 게 본래 '후지사와 세이조 스타일' 아니었던가.

　개중에는 문예지의 신인상으로 출발하여 그보다 높은 신인문학상, 그리고 또 그보다 한 단계 높은 문학상으로 착착 수상을 거듭하여 이 업계의 엘리트 코스를 고스란히 밟아가는, 간타의 입장에서는 폭력으로 깨부수고 싶을 정도로 증오스럽고 질투 나는 문운文運을 타고난 인간도 있다. 그러나 결국 그런 우열을 가리는 피라미드형 도식 따위, 사령서 한 장으로 얼마든지 갈아치울 수 있는 단순한 회사원에 지나지 않는 작금의 문예지 편집자가 좁디좁은 업계의 울타리 안에서 저들끼리 모여서 그려내는 모래 위의 성에 지나지 않는다. 한치의 벌레에도 닷푼의 혼이 있다는 말처럼, 옆에서 보기에는 아무리 멋지다 한들 작품으로 우주를 세우려는 자에게는 어떤 성이 높은지 낮은지를 가리는 그런 어리석은 평가 따위는 아무런 의미도 없다. 설령 하루아침에 그 성이 무너지는 처지에 놓인다 해도 그것이 진정한 끝장인지 아닌지를 작금의 어리석은 편집자나 독자 따위가 어찌 알 수 있단 말인가. 단기적인 상황 판단만으로 알 수 있는 일이 아니다.

그렇다 해서 후세의 독자에게 평가를 기대하는 것 또한 그 못지않게 비참한 패배자의 자기연민에 지나지 않겠지만, 어차피 그는 애당초 빼도 박도 못 하는 완벽한 패배자이다. 초등학교 5학년 때 아버지가 연쇄 성범죄를 일으켜 체포되었고, 매스컴에서 그 사건이 호기심 반으로 보도되는 가운데 떠밀리듯 야반도주했던 바로 그 순간 이미 승부는 결정나고 말았다. 아무리 노력한들 성범죄자의 자식이라는 사실을 지울 수 없다. 어떤 행동을 하든 그 사실 앞에서는 일자리도 한정되어버리고, 제대로 된 여자라면 바로 떠나버린다. 가해자 가족이라는 그 자체가 죄도 없는 벌이었고, 벌써 30여 년 전 열한 살의 나이로 그의 인생은 종치고 막을 내려버렸다.

애당초 문예지 신인상이라는 정식절차를 밟은 몸이 아니다. 무슨 연줄이 있는 몸도 아니다. 작품의 열악한 수준이 반쯤은 원인이긴 하겠지만, 아직 동인지 출신의 대체요원에 지나지 않아 수필 한 편 의뢰받지 못하고 등번호 세 자리 수의 연습생에 지나지 않는데, 그것도 벌써 해고 아니면 자격박탈의 처지에 놓인 인간이다. 그러나 그런 상황이기에 소설을 쓴다. 스스로를 모든 점에서 패배자라 자각하기에 더욱더 죽어라 사소설에 매달리지 않을 수 없다.

아무리 발버둥친들 글쟁이의 출세코스에는 오를 수 없다는 사실에 마음이 울적하긴 하지만, 애당초 자신에게 그런 조건도 기량도 갖추어지지 않았다면 그것 또한 어쩔 도리가 없다. 결코 스스로 원해서 그렇게 된 것은 아니지만 결과적으로는 아직 빈손이다. 어찌 보면 자유로운 그런 몸으로 하찮은 동총업자들의 자의적인 평가에 어떤 기대를 품는 것 자체가 잘못이다.

그런 평가에 휘둘리며 일희일비하는 흉한 꼴로는 사소설을 쓰네 하는 일체의 눈속임이 불가능하며, 지금은 문학의 왕도가 아닌 거친 그 길로 나아갈 수도 없었다. 그리고 즉각 후지사와 세이조의 사후 제자라는 간판을 내리고, 다시는 그 사람의 이름을 입에 담아서는 안 된다.

거기에 이르러 간타는 겨우 스스로를 되찾은 듯한 느낌에 젖을 수 있었다. 그와 동시에 아직 가와바타 상을 손에 넣은 것이 아니라는 자각에 이르렀다.

다바타도 말했듯이 그 상은 후보에 오른 것만으로 만족해야 하고, 나머지 결과에 대해서는 일체 관심을 갖지 말아야 하는 성질의 것인지도 모른다. 그 상과 후보 선출에 영업적인 측면이나 특정 의도가 내포되었을 가능성은 아주 낮다. 1년 사이에 발표된 모든 단편소설 가운데서 내용만으로 몇 단계나 거르고 걸러 뽑았을 것이다. 적어도 상을 받고 싶은 마음에 후보에 오른 사실을 받아들여 놓고서 자기혐오에 빠질 그런 종류의 상은 아니다.

그렇다면 설령 떨어졌다 하더라도 최종심에 남은 이상, 분명 낙성을 눈앞에 두었지만 그가 그런대로 버틸 만한 작품을 썼다는 것을 증명하는 일인지도 모르고, 그런 상의 후보에 4년 동안 두 번이나 오른 것만 봐도, 아까 말한 일희일비라는 말에 반하기는 하지만, 의외로 재수만 좋았던 건 아니라 할 수 있으니 그렇게 스스로 비관할 만큼 형편없는 필력이 아님을 자부해도 좋지 않을까.

"그건 그래. 나란 인간은 저 후지사와 세이조의 혼을 이어받았으니까. 무슨 목적으로 소설을 쓰는지 도무지 알 수 없고 그저 편집자 연줄로 글을 파는 노인네나 꼬마들과 같이 취급당해서는 안 되는 거야."

그렇게 토해내면서 오랜만에 어떤 충족감에 감싸인 간타는 갑자기 무작정 소설을 쓰고 싶어졌다. 빨리 방으로 돌아가 너무 어처구니가 없어 중단했던 「피고름 치달리다」의 이야기를 감연히 이어가고 싶었다. 뭔가 높은 것을 바라기보다, 아무리 혐오감이 들더라도 드러누운 채 쓰는 글로 잔돈이라도 벌 수 있다는 것 자체가 얼마나 고마운지 모른다. 그리 생각하니, 무슨 심각한 병에 걸린 것이라면 또 모를까 고작 허리 삔 것 정도로 곧 죽을 사람처럼 절망하는 자신이 몹시 부끄러웠다.

올 때와는 사람이 달라진 듯 미래지향적인 기분으로 집 근처인 오지 역으로 가는 버스 정류장까지 걸어간 간타는 다음 차가 올 때까지 아직 20분 정도 남아 있다는 것을 알고 비를 피할 요량으로 옆에 있는 요카도 건물로 들어갔다. 그 가게의 안쪽 입구 부근에 벤치가 놓인 공간에서 기다리기로 했다.

주스 자판기 옆의 벽에 선 채 등을 구부리고 점퍼 안에서 헌책이 든 비닐봉지를 꺼냈다.

가와바타 야스나리의 책은 방으로 돌아가자마자 책장 맨 윗단에 표지를 앞으로 하고 올려둔 다음, 심사일까지 아침저녁으로 절을 올리기로 했다. 또 다른 책 호리키 가쓰조를 시간이라도 죽일 양으로 꺼냈다.

1920년대 초반에 『부동조』지 창간 당시 동인으로 참가했고, 그 잡지를 포함하여 신초사社 계열의 잡지에서 주로 활동했던 이 문학평론가는 곤 도코 계열의 사람들에게 야유를 받으면서도 한때는 자연주의 확립의 관점에서 나름 존재감을 드러냈지만, 『부동조』지 폐간 후에는 프롤레타리아 문학의 등장으로 평론의 기회도 줄어들고 해서 무대에서 모습을 감추기에 이르렀는데(물론 그 프롤레타리아 문학 쪽에 논진을 펼치고 있던 자들도 이윽고 불길이 시들자 거의 쓸모가 없어져버렸으니, 역시 좀 괜찮아 보이는 곳이면 눈길을 던지다가 편집자의 심부름꾼이 되어버리는 '문학평론가' 따위 아무리 한때 바닥이

훤히 보이는 우물에서 시건방을 떤들 한 줄기 바람에 날아가버리는 존재다. 그런 진리는 옛날이나 지금이나 다를 바 없다), 아마도 저서로는 이 자비 출판물이 처음이자 마지막일 것이다.

짧은 글들이라 수필집인가 했더니 태반이 3인칭을 사용한 감상 소품이었다. 그러고 보니 이전에 고서 전시회에서 건진 『부동조』지에서 이 평론가의 소품을 두 편 정도 읽은 적이 있는데, 문장력이 하찮은 간타의 눈으로 보아도 자연주의의 나쁜 점만 그대로 따온 듯한 치졸한 문장의 표본 같은 것이었고, 이래서는 곤 도코가 문단의 명칭이 삼총사(호의적인 뜻은 분명 아니리라) 가운데 하나로 지목한 것도 이해가 갔다. 그 정도의 글밖에 못 쓰는 주제에 '신초 합평회' 같은 데서 세이조의 작품을 비하했으니, 만일 동시대에 살았더라면 두들겨패줬을 거라 생각한 기억이 있다.

수록된 글들은 전후 농업조합의 기관지 등에 드문드문 발표한 것인 듯한데, 너무도 평론가다운 독단으로 점철된 문장인데다 단문이라서 내용 파악이 힘들었다. 가무라에

관련된 문장도 벌써 잘 알려진 부분에 덧칠을 한 데 지나
지 않았다.

다만 『맞선의 저주』라는 제목의, 쉰 살 때 스승 마사무
네 하쿠초의 권유로 당시 스물여덟아홉으로 후일 『사양』
의 모델이 된 오타 시즈코와 맞선을 보았고 그 사실이 그
와는 일면식도 없었던 다자이 오사무의 자존심을 묘하게
자극한 듯, 다자이가 후일 『인간실격』의 등장인물에 '호
리키'라는 자신의 성을 감히 사용했다는, 어디까지가 진
실인지는 모르겠으나 호사가들이 좋아할 만한 이야기가
있었다. 죽 훑어본바, 그것 말고는 아는 사람이 새를 기르
기 시작했다는 것, 산책을 나갔다가 떠오른 감상 등 아무
래도 좋은 그런 내용들의 집합이었다. 그 모든 것들을 묘
하게 소설 형식으로 썼다는 것이 사람을 맥 빠지게 했다.

서문 또한 봐줄 만한 것이 아니었다.

사사키 모사쿠도 옛날 『부동조』 지의 동인이었으니 그
런 연줄로 펜을 들어 서문을 써주었다 해도 이상하지 않
다. 그러나 후기에 따르면 그 서문은 호리키에게 1950년
대에 보낸 편지를 유용한 것으로, 그 책에 수록된 소품

원고를 보냈을 때의 답신이었다고 했다. 일부를 인용하
자면,

　오늘 원고를 보았습니다. 저에게는 정말 재미있었습니다.
이것이야말로 진정한 소설이고, 요즘 유행하는 것들은 그냥
읽을거리에 지나지 않는다는 생각을 했습니다. 그러나 문장
이 너무도 자연주의의 흐름에 빠진 것 같고, 따라서 요즘 젊
은 편집자에게는 맞지 않는 것 같습니다. (……) 그래서 이리
저리 궁리해보고 한번 나이 든 편집자에게 읽어보게 할 생각
입니다. 감사합니다.

　이렇게 별것도 아닌 내용이다. 잘 알려진 바대로 당시
사사키는 문예춘추신사의 사장이었는데, 소설로 컴백해
보려 했던 호리키가 그에게 원고를 보냈다가 거절당한
듯한 분위기가 역력해, 그만 고개를 돌려버리고 싶을 만
큼 아픈 느낌이다.
　간타는 거기에서 '나락에 떨어져 소매에 눈물 적실 때
사람의 마음 알게 되는 것'이라는 메이지 시대 속요 한 구

절을 강렬한 트릴의 울림과 함께 갑자기 떠올렸다.

그런 내용의 편지를 저서의 서문으로 올려야 하는 심정이란 대체 어떤 것일까. 이 문학평론가의 수치심이란 대관절 어디로 실종돼버렸던 걸까.

"이거 정말 심하네. 쥐어박을 만한 인간도 못 되는 것 같아."

간타는 페이지를 넘기던 손길을 멈추고 다시 마지막 페이지를 보았다.

'저자경력'이 세 줄 보인다. "1892년 7월 미에 현 마쓰마마 시에서 태어남. 1917년 와세다대학 영문과 졸업. 문예비평 활동을 했다"라고 되어 있다. 발행자 호리키의 이름 옆에 붙은 나카노 구 야마토초 마루야마장은 당시의 주거지일 것이다.

아무래도 평생 독신으로 산 듯하고 내용 중에 동생에게 생활의 도움을 받는다는 말이 있었다.

이때 일흔네 살이었던 전직 문학평론가는 외롭고 쓸쓸한 만년에 한 권의 책을 남기고 싶었던 것일까. 표제『저물어가는 공원』은 옛날에 문단에서 뜻을 세우지 못한 당사자가 아니고서는 알 수 없는 만감이 깃든 말이 아닐까.

입을 살짝 뒤튼 채, 그러나 조금은 감상적으로 호리키 가쓰조를 생각하던 간타는 정류장에 버스가 도착하는 것을 보고 퍼뜩 정신을 차리고 책을 덮더니 뒤뚱뒤뚱 승객들 뒤에 줄을 섰다.

귀가하는 회사원과 고등학생들로 차 안의 자리는 꽉 들어찼다. 그러나 애당초 허리를 구부리기 힘든 간타는 올 때처럼 목적지에 내릴 때까지 손잡이를 잡고 있을 생각이었다.

번잡한 역 앞을 벗어나 후줄근한 아카바네다이의 언덕길을 올라가는 차 안에서 간타는 멍하니 창밖의 어둠 속으로 시선을 던졌다. 무슨 영문인지 조금 전부터 그의 가슴은 묘하게 술렁였다.

1966년 당시 벌써 잊혀진 존재였던 호리키 가쓰조가 스스로 그런 소책자를 간행한, 어떤 의미에서 불굴의 의지라고 해야 할 그 자세에 대해 본래 경의를 표해야 마땅할 것이다.

그러나 한편으로는 뭐라 말하기 힘든 혐오감도 솟구쳐 오른다. 그런 유의 헛된 집착에 참을 수 없이 비참함을 느끼고 만다.

그리고 그는 갑자기 여기서 머지않은 미래의 자신의 모습을 본 듯한 느낌에 사로잡혔다.

그 또한 이대로 염치 없이 오래 살기라도 하면 늙어 수입도 없이 홀몸으로 싸구려 연립주택 한 칸에서 지내다가, 결국 독자도 사라진 지 오래된 사소설 따위를 마지막 똥고집을 발휘하여 자비 출판할지도 모를 일이다. 물론 그 내용이래야 오랜 공백기의 영향도 있고 해서 도저히 읽어줄 수 없는, 말 그대로 중졸다운 작문 수준일 것이다. 그리고 그 뿌리가 죽어도 폼생폼사이니만큼 경력란도 저 호리키 이상으로 무미건조할 테고 과거의 일에 대해 일체 언급을 회피한 채, '아직 보지 못한 독자에게'라는 쓰라린 후기를 자신의 '절필'이라는 이름으로 덧붙여 놓을 가능성이 충분하다.

정말 골치 아픈 일이지만, 말은 그렇게 해도 그는 소설 쓰는 것을 그 무엇보다 좋아했다. 그런 성격이다보니 가까운 미래에 실제로 그렇게 흘러갈 가능성이 높다.

가와바타 상 후보에 두 번 오른 일에 은근히 긍지를 가지고, 그것을 유일한 마음의 위안으로 삼아 누구와도 교류하지 않는 쓸쓸한 노후의 나날을 보내는 모습을 지금이 시점에 상상하기란 그리 어렵지 않다. 그리고 그 소름 끼치는 상상이 기이할 정도로 강렬한 실감을 동반하면서 그의 공포심을 부채질한다. 그러자 진통제의 효과는 어디로 가버렸는지 허리 주변의 감각이 갑자기 이상해지기 시작하더니 가벼운 토악질을 동반한 수상쩍은 욱신거림이 스멀스멀 되살아났다.

그 통증은 좀처럼 가라앉지 않았다. 집에서 가장 가까운 정류장에 도착하여 엉거주춤한 자세로 뒤뚱거리며 버스에서 내릴 때, 간타의 허리는 처음 단계로 되돌아간 듯한 격통에 휩쓸렸다.

그는 일단 통증을 가라앉히기 위해 바로 옆에 있는 청주 자판기에서 잔술을 사려고 버튼을 눌렀지만 술잔을 꺼내기 위해 허리를 구부려 손을 내밀 수 없었다.

부슬비에 검게 젖은 지면에 무릎을 꿇고 기는 듯한 자

세로 겨우 세 컵을 빼내 물을 마시듯 연거푸 들이켰지만, 통증도 불안도 사라지지 않았다.

그는 이름을 날리고 싶었다.

달관한 척하면서 아무리 스스로에게 체념을 강요한들, 또한 무슨 말로 어떻게 미봉한들 역시 가와바타 상 수상의 영광만은 반드시 거머쥐고 싶었다.

그렇게 하여 실력파 소설가로서 아무것도 모르는 편집자에게, 아무것도 몰라도 좋으니 무작정 대접받고 싶었다. 수많은 여성 독자들의, 설령 일회성의 무의미한 소동이라도 좋으니 어쨌든 하룻밤만은 속일 수 있을 만한 인기를 얻고 싶었다.

명성을 얻으면 그를 버리고 다른 남자에게 가버린 여자도 엄청 후회할 것이다. 자신이 훨씬 더 가치 있는 인간이라는 사실을 뼈에 사무치게 알려주고 싶다. 그리고 문학적 재능을 증명받고 그런 유리한 입장에 서서 느긋하게 새 여자를 손에 넣고 싶다.

물론 돈은 안 되지만, 그것보다는 명성이 더 귀하다는 사실은 당연하다.

작가로서 널리 인정받아, 비참한 꼬락서니로 원고를 들고 부탁하러 다닐 것 없이, 원고청탁이 당연하게 밀려드는 몸이 되고 싶다.

소설가로서 인생을 마치고 싶었다.

두꺼운 술잔을 꼭 거머쥐고 고개를 숙인 채 눈을 감은 간타는 한 걸음도 움직일 수 없는 지경에 빠진 허리의 통증과 함께 언제까지고 그 자리에 서 있었다.

심사일, 텅 빈 방에서 8할 정도 회복한 허리로 단정하게 앉은 간타는 『호수』와 핸드폰을 앞에 두고 뭔가를 기다렸다.

그러나 밤이 깊어도 다바타에게서 연락은 오지 않았다.

고역열차

초판 1쇄 인쇄 2011년 9월 30일
초판 1쇄 발행 2011년 10월 4일

지은이 니시무라 겐타
옮긴이 양억관
펴낸이 김선식

2nd Creative Story Dept. 김현정, 박여영, 최선혜, 한보라, 유희성, 백상웅
Creative Design Dept. 최부돈, 황정민, 김태수, 손은숙, 박효영, 이명애
Creative Marketing Dept. 모계영, 이주화, 정태준, 신문수
       Communication Team 서선행, 박혜원, 김선준, 전아름
       Contents Rights Team 이정순, 김미영
Creative Management Team 김성자, 윤이경, 김민아, 류형경, 권송이, 김태옥

펴낸곳 (주)다산북스
주소 서울시 마포구 서교동 395-27
전화 02-702-1724(기획편집) 02-703-1725(마케팅) 02-704-1724(경영지원)
팩스 02-703-2219
이메일 dasanbooks@hanmail.net
홈페이지 www.dasanbooks.com
출판등록 2005년 12월 23일 제313-2005-00277호

필름 출력 스크린 그래픽센타 **종이** (주)월드페이퍼 **인쇄** (주)현문 **제본** 광성문화사

ISBN 978-89-6370-650-4 (04830)

· 책값은 뒤표지에 있습니다.
· 파본은 본사와 구입하신 서점에서 교환해드립니다.
· 이 책은 저작권법에 의하여 보호를 받는 저작물이므로 무단 전재와 복제를 금합니다.